夏至の奇跡

新田　玲子

再び、この地上の
すべての
愛しき人々に捧ぐ

＊＊＊

古代より人々は太陽を敬い、一年で一番日照時間が長くなる夏至を、常ならぬパワーに満ちあふれた神秘の日として崇めてきた。それなら夏至の今日、何か晴れ晴れとした明るい未来をもたらす、素晴らしい奇跡が起きてくれてもいいのではないか。

三十歳の誕生日を迎えた夏至の日、小さな田舎町の古い一軒家の二階で、こつこつ生きてきた重い体を起こし、開け放たれた窓からすがる思いで天を仰げば、早朝の夏至の空は梅雨の晴れ間特有の、期待や希望をすべて沈ませる鬱陶しい灰青色で、今日もまた、平凡で多事多難な、蒸し暑い一日になると告げていた。

パジャマから制服に着替えていると、思いは自然、七志《ななし》信用金庫田村《たむら》支店に勤め始めた頃に飛ぶ。

両親が家業の煎餅店を畳んだのは、私が高二のときだった。戦後は人気があったという鶏卵煎餅が時代遅れになりつつあったところに、オイルショックが追い打ちをかけた。店の売り上げを盛り返す新たな手立てが見つからないなか、貯金が底を突いた。借金を背負って倒産すれば人様に迷惑をかけると、両親は潔く店を閉じ、あと片付けを父、信幸《のぶゆき》に託し、母、千恵子《ちえこ》はスーパーに働きに出た。

最初の給料袋を手にしたとき、母は思わず安堵の吐息を漏らした。

「財布には千円札一枚と小銭しか残っておらんかった。これで向こうひと月、食べてゆける」

母の時給は最低賃金だった。それでも駅前通りの店付きの借家から町外れの古い借家に移り、家賃が半減した。父も安月給ながら、ふた月後には中堅の菓子工場への再就職が決まり、安定した生活が送れそうに思えた。

高二の三学期、進学に関する家族面談の前、母は私を励ました。

「これからは女の子でも大学くらい出しておいてやらんといかんじゃろうと、お父《とう》さんが言うとってじゃ。私学は到底無理じゃけど、国立大学には行かせてやれるよう、お父さんとお母《かあ》さんも頑張るけえ、夏美《なつみ》も国立大学に受かるようしっかり勉強しいね」

けれど受験勉強も追い込みに入ろうとする高三の秋、二度目のオイルショックによって田村市の基幹産業だった農機具会社が倒産した。多くの下請け工場や作業所だけでなく、父の再就職先を含めた、直接関連のない工場や店舗まで倒産が相次ぎ、田村市の労働人口の三分の一が職を失った。誰もが必死に新たな働き口を求めるなか、四十代半ばを過ぎた父の就職先はなかなか決まらなかった。

食いつなぐだけなら、母の収入でなんとか切り抜けられた。しかし煎餅店を閉じたときに家の蓄えは底を突いていたし、私の下には二歳違いの弟、健一郎《けんいちろう》がいた。健一郎も私に劣らず、成績が良かった。

両親に乞われる前に、進路を就職希望に切り替えた。

「仁科《にしな》の成績で大学受験を諦めるのはもったいないな」

担任の明坂《あけさか》譲《ゆずる》先生はひどく残念がってくださったが、翌日には、

「仁科、七志信用金庫田村支店への推薦枠がひとつ来ていてな。おまえの成績と人柄なら堂々と推せると言って掛け合ったら、他の先生や校長、教頭も皆、快く了承してくれた。信用金庫なら堅い就職先だ。女子には、大学に行くより良いかもしれんぞ」

と、七志信用金庫田村支店の就職を斡旋してもらえることになった。

金融機関への就職と聞いて、両親は胸を撫で下ろした。田村市のような小さな地方都市では、金融機関は結婚前の若い女性が就ける第一級の職場だった。立ち振る舞いや言葉遣いの指導を受けられ、良い花嫁修業になると見なされていたからだ。

「ああいうところは、それなりの家のお嬢さんでないとなかなか雇ってもらえんそうじゃ」

父は嬉しそうに頬を緩めた。

成り行きで決まった就職先だったが、私自身、悪い気はしていなかった。

鏡の中で、七志信用金庫規定の半袖の白いブラウスに明るい空色のネッカチーフを結ぶ三十歳の私は、十八歳の幼かった私に溜息をついた。

家の事情を優先させたことに悔いはない。七志信用金庫田村支店へ推薦してくださった明坂先生や高校にも、心から感謝していた。

けれど入行と同時に、女性行員は窓口の飾りにすぎず、高卒の場合は二五歳くらいまでに、大卒でも三十歳までに、寿退職するという不文律があることを知らされた。

「そうとわかってもなお、十八歳のあなたは大して気にかけなかった」

鏡の中の私が憐れんだ。

十八の小娘には二五歳は随分と年長に感じられたのだ。そして、その頃までには自分も結婚しているだろうと、何の抵抗も覚えなかった。

しばらくして父も職を得た。商業施設の警備といった、長年の煎餅作りとはまったく無縁の、安い時給の仕事だったが、母と私、そして父の三人分の収入で、少しは貯金もできるようになった。

弟の健一郎はやっともたらされたささやかなゆとりに甘えることなく、勉学に励んで国立七志大学に合格した。そして、自分でもアルバイトをしながら大学を卒業すると、田村市役所への就職を決めて実家に戻ってきた。二年前、職場で出会った暁子《あきこ》さんと結婚したときも、新居を実家にほど近い場所に構え、折あるごとに訪ねてくる。この一月に長男、幸一郎《こういちろう》ちゃんが生まれてからは、顔を見せる回数がさらに増えた。

生活は落ち着き、両親とも未だ健康で、家族仲はいたって良い。

「この穏やかな日々がこのまま続くことしか望んでいないのに……」

階下の洗面所でばしゃばしゃと顔を洗い、髪を後ろで編み込みにしてまとめた。そして、三十という歳を少しでも誤魔化そうと、刷毛で頬に明るい色の紅を掃いた。

私が二五歳になると、当時の小島久司《こじまひさし》支店長は執拗なほど熱心に見合いを勧め始めた。

「小さな信用金庫かもしれんが、七志地方では名の通った堅い職場で箔を付けてやったんだ。いい加減で年貢を納めろ」

小島支店長は歯に衣着せなかった。

前年、健一郎が田村市役所に勤め始めたこともあり、周りの親戚も、

「いつまでも夏美が働かんでも良かろう」

と言うようになり、両親でさえ、

「そろそろ孫の顔が見たいなあ」

と、私の顔色を窺うようになった。

その頃には、誘いの声をかけてくれる男性行員もいた。けれどもそれらすべてを、ぬらりくらりと逃れ続けた。

私の関心はもっぱら、最初はお目こぼしという形で始まった渉外の仕事に向いていた。そしてこの渉外分野で着実な成果を上げ続けてきたからこそ、陰で「お局様」と囁かれていた呼び名が面と向かって口にされるようになった今でも、信用金庫に残っていられる。

私は鏡を覗き込みながら、眉をはっきり、きりりと描いた。口紅は朝食のあとで塗る。

今一度身繕いを確かめてから大きくひとつ頷き、台所に向かった。

「おはよう」

朝が苦手な母が炊事台の前から笑顔で呼びかけた。

「お誕生日おめでとう。今朝は私が朝食とお弁当を作っておいたよ。お弁当は昨日《きのう》の残り物じゃけど、今夜は赤飯を炊いて、何か刺身を買って帰るけえね」

普段、何かと帰りが遅くなる私に代わり、スーパーに勤めている母が店であれこれ見繕い、夕食を整えてくれる。そこで三人分の朝食と弁当は、私が用意するのが常だった。

私の誕生日を気遣い、母が気張って早起きしてくれたようだった。

「三十にもなって誕生日もないよ。無理しなくて良かったのに」

母に向かって首を振り、少しでも手伝おうと味噌汁を椀に注ぎ始めたところに、玄関横の小さな菜園に水をやり終えた父が入ってきた。

「今夜は健一郎たちも来ると言うとったぞ。賑やかな誕生日になりそうじゃ」

カタン――、配膳台に置いた味噌汁の椀が音を立て、中身を少しこぼしてしまった。残りふた椀にはもっと注意を集中した。

慌ただしい朝でも共に食卓を囲むのが、我が家の習わしだった。味噌汁にお新香、せいぜい卵焼きか目玉焼きが付く程度の朝食でも、一緒に食事をしながら一日の予定を確認し合っていると、今日もまた一日、元気に頑張ろうという気になれた。

制服に合わせた明るい空色の地に白いリボンの付いた、縁のある帽子を被り、濃いエンジ色の書類鞄に弁当箱を入れ、高一の誕生日にもらった夏草色の自転車で出勤する。

家を出るのは、私が一番早かった。就業開始時刻は八時半だったが、お茶の準備をはじめ、様々な目配りのために、支店長が通用口の扉を開ける七時半には入行していた。高卒の新米行員という気遣いで始めたことだったが、そのうち、渉外の仕事を黙認してもらうために、遂には、「お局様」としての身を守るために、やり続けていた。

私が駐輪場の隅に自転車を止めていると、田加賀丈治《たかがじょうじ》支店長の車が駐車場の一番奥に設けられた従業員専用区画に乗り入れた。

「やあ、なっちゃん、おはよう」

田加賀支店長は車を降りながら、気安く呼びかけた。

女性行員を下の名で、しかも適当に縮めて「ちゃん」付けで呼ぶことで、田加賀支店長は親しみやすさをアピールしていたようだ。ただ、両親からもきちんと「夏美」と呼ばれてきた私には、この馴れ馴れしさは少し疎ましかった。

客を前にしても、「仁科さん」だったことは一度もない。たまに姓を呼ばれても、「仁科君」だった。田加賀支店長が特に女性を軽視していたというのではない。そういう時代だったのだ。

実際、小島支店長の手癖の悪さに散々悩まされてきた女性行員たちは、気配りや親しみやすさにも節度が窺える田加賀支店長を、概ね好意的に評していた。

その田加賀支店長が通用口の扉を開けながら振り返り、

「今日はなっちゃんの誕生日だったね」

と、個人的な記念日に触れた。しかも通用口を塞いだままさらに立ち入った質問をした。

「今夜は何か祝いの予定が入っているのかな」

女性部下の誕生日にこと寄せ、個人的な誘いをかけるような人ではない。懸念材料はただひとつ。その暗雲が沸き上がりかけるのをぐっと抑え込み、さりげなく答えた。

「平日ですから、家族でちょっと祝う程度です」

「そうか……、やっぱり誕生日だものね」

田加賀支店長の顔に一瞬迷いが生じた。しかしすぐに小さくひとつ頷いて続けた。

「それじゃあ、あまり引っ張らないように言っておくから、仕事のあと少しだけ時間を割いてくれないかね。次回はいつになるかわからないと言うから、ちょっとだけ頼むよ」

「どなたかにお会いするのですか」

これまで田加賀支店長が見合い話を持ち出したことはなかった。だが小島支店長の記憶が蘇り、思わず身構えた。

「ああ、まあ……、それはまた、あとで詳しく。君にもそんな悪い話じゃあないと思うんだ。だから、ちょっとだけ頼むよ」

田加賀支店長は片手で拝むような格好をしたが、私の返事を待つことなく、

「じゃあ、なっちゃん、よろしくね」

と、笑顔で片目をつぶり、機嫌の良い足取りで通路を奥に向かった。

遠ざかる田加賀支店長の楽しげな背に、私は眉を寄せた。

本店の人事部があれこれうるさくてかなわんのだぞと、小島支店長には繰り返し、面と向かって、苦言を浴びせかけられたものだった。だから、田加賀支店長が一度としてそんな話をおくびにも出さないことに、少なからず感謝していた。

それでも三十歳ともなれば、やはり放っておけないに違いない。

通用口に立ったまま背後を振り返り、七時半というのに、すでに青色を濃くしてうだるような蒸し暑さになりかけた夏至の空を恨めしげに見上げた。

奇跡が起きて欲しい、今こそまさにその時なのに――。女だから、三十歳だから、というようなことで、切り捨てられるのか。これまで私がやってきたことは、その程度のものだったのか。

青みを増す空も胸にずっしりと重く、溜息が出かけた。それをぐっと堪えて、勢いよく体の向きを直し、進むべき道に真っ直ぐ歩み出す。

無闇に思い悩んでも仕方がない。目の前の問題を一つひとつ片付けながら、今日一日を精一杯生きていれば、道は自ずとできあがってゆくはずだ。

己を信じ、しっかりした足取りで通路の奥の給湯室に入ると、いつものようにお盆を取り出して行員全員の湯飲みを並べた。

お茶は八時半の朝礼のあと、若い女性行員が交替で配る。しかしそれを年長者の特権として高を括っていると、とんでもないことになる。お茶を出す下準備だけでも整えておく抜かりなさがあればこそ、若い女性行員たちの「お局様」に対する棘のある言葉や振る舞いを凌げるのだった。

＊＊＊

七志信用金庫田村支店の窓口には若い女性行員が座る。

七志信用金庫の制服は、夏は明るい空色のスカートに半袖の白いブラウス、襟元にスカートと同色のネッカチーフ。常に清々しい凛とした姿で、「顧客の皆様に明るい明日を約束する」というモットーを、華やかに顕在化してみせる。

十八歳で入行した当初、私は一日の大半を窓口で過ごした。窓口に訪れる客からの預かり金は、信用金庫にとって重要な運用資金、信用金庫の屋台骨とも言えるもので、窓口に立つ制服姿の女性行員は信用金庫の顔だと、日々の仕事に誇りを感じていた。

窓口担当が主たる仕事でも、取り引き承認を得るには支店長デスクに近い奥に行く。仕事に慣れてくると、渉外係が持ち帰る入出金の確認作業を受け持つこともあり、奥で交わされる会話を耳にする機会がさらに増えた。

そうやって聞こえてきた報告や会話の切れ端から、金融業としての七志信用金庫の真価は、集めた預金をいかに有効に運用できるかにかかっており、それに携われるのは男性行員だけだということを、次第に強く意識するようになった。

小声で交わされる奥の会話の大半は、貸付先事業の健全性や担保物件の有効性についてで、査定内容は神経を尖らせて事細かに検証されていた。当時の田村市は依然、不況から抜け出せていなかったので、融資には慎重の上にも慎重を期さなければならなかったに違いない。ただ、そういう議論ばかりを耳にしていると、信用金庫の役目は、確かな融資先の確保だけで十分なのかと、疑念を覚えることも少なくなかった。

私の両親が煎餅店に見切りをつけた直接の原因は、オイルショックによる不況で菓子全般の需要が落ちたからだったが、実はそれ以前から、鶏卵煎餅は新たに登場してきたお洒落な洋菓子に押されていた。もしあのとき、誰かが鶏卵煎餅の将来に何か新しい知恵を授けてくれていたら……、鶏卵煎餅に幾らかでも期待が抱けていれば……、両親は借金をしてでも店を続けていたかもしれない。そしてそうなっていれば、私も大学に行けていたかもしれなかった……。

心の隅にくすぶる大学への未練も手伝い、安心安全の貸付先を確保しようとするだけの姿勢に不満が募るなか、田村市の長引く不況が七志信用金庫の経営に陰を落とし始めている実情も見えてくると、今のままでは駄目だ、という思いが一層強くなった。

七志信用金庫田村支店は地域に密着し、地域経済全体に目配りできる。本店や、他の金融機関との連携で、外の様々な種類の情報を広く集めることもできる。そうした利点を活かして貸付先の多種多様な問題にもっと積極的に関わってゆけば、個人事業主ひとりでは考えも及ばない、僅かな投資で事業を拡大しながら不況を乗り切る方策を、必ずや提示できるに違いない。事業規模の一つひとつは小さくとも、こうした事業支援は田村市が不況から脱却し、経済発展に舵を切り替える原動力になるし、堅実な貸付先を増やして信用金庫の経営改善に繋げる、確かな手立てでもあった。

それこそが地方信用金庫の本来あるべき姿のはずだと、日毎に確信を強めるなか、笹井《ささい》酒造という、小さいながらも江戸時代から続く酒蔵の経営が思わしくないという知らせが入った。倒産となれば、笹井酒造への貸付分が失われるだけではすまされない。小さな事業主とはいえ、二十人を越える正規従業員の他、季節雇用者もいる。仕入れ先、販売先と、あちらこちらの取り引き先にも影響は波及する。

小島久司支店長と濱口伸介《はまぐちしんすけ》主査は頭を抱え、被害を最小限に抑える手立てばかりを議論していた。そんなふたりの姿が、お茶を持っていった私の目にはあまりに不甲斐なく、私は勇を鼓して、お茶を出したあとの盆を楯に、余計な口を挟まずにはいられなかった。

「取り敢えず、経営の見直しを手伝ってあげてはいかがですか」

小島支店長と濱口主査がぎょっとした顔を向けた。次の瞬間、その顔にかっと血が上った。

「女が何を言うか！」

「余計な口を挟むな！　やれることはやってる！」

異口同音に怒鳴り返された。

が、そこで、いつも女性行員にいやらしい行為をしては悦に入っている小島支店長が、急ににやにや笑いだした。

「もっとも、何かやれるもんなら、仁科が代わってやってくれても構わんぞぉ」

小島支店長が渾身の嫌みをこめて放ったひと言だった。

「わかりました。やってみます」

即座に応じた私に、小島支店長の表情が凍りついた。一瞬後、驚きが怒りに変わった。そして嘲りも露わに、小島支店長は強気の宣言を発した。

「やれるものなら、やっても構わん。ただし、所詮、女の浅はかな知恵。どうせ役には立たんのだから、信用金庫の金を使わせるわけにはゆかん。通常業務を終えたあと、自分の時間を使ってなら、勝手にやれ」

生意気な女性行員に、がんと一発、目に物を見せてやった——、つもりだったのだろう。濱口主査が体を揺すりながらくすくすと追従笑いを漏らした。

「承知致しました」

私は盆を胸に抱えたまま丁重に頭を下げて退いた。

自分の考えを実践に移すお墨付きが得られただけで十分だった。

その日、信用金庫の業務を終えると、さっそく笹井酒造の社長、笹井浩介《こうすけ》さんを訪ねた。浩介さんは四十歳になって、父親、隆之介《りゅうのすけ》さんから酒蔵を受け継いで間もなかった。経営者としては若い方だったが、そんな自分の半分に満たない歳の娘が七志信用金庫田村支店から経営事情の詳細を聞きに来たことに、気を悪くしたように見えた。

「主査の濱口さんに、詳しゅう話しとりますけえ」

最初は突っ慳貪にはねつけられた。しかし神妙に頭を下げ、幾らかでも経営の支援がしたいと粘り強く頼み込むと、疲れと苛立ちの混じった口調で事情を説明してくれた。

「うちの酒米は、地元山間部の棚田地区で作ってもろうとる。手間暇はかかるが、寒暖差は大きいし、水も良質の湧き水を使《つこ》うておって、米質は最高です。初代からずっと、そうした原材料にもこだわる丁寧な酒造りをしてきた。じゃが、林業も農業も高齢化が著しゅうて、周辺の山林はどんどん荒廃が進み、湧き水の水量は年々減少しとる。米の栽培農家は相次いで契約の打ち切りを打診してきよる。まんず、うちの力だけではどうしようもないところで、これまでどおりの酒造りが難しゅうなっとるんですよ」

笹井酒造は経営面の困難を抱えるだけでなく、本来の酒造りが行き詰まりかけていた。

「親父は引退したとはいえ、まだ健在ですけえ、昔ながらの酒造りにこだわる。じゃが、採算が取れるだけの仕込み米の確保もままならんところにもってきて、諸物価高騰の今、これまでどおりじゃあ、どうやっても採算が合わん。経営の合理化、言うても、これ以上どこを切り詰めればええんかという状態じゃやし、じゃけえと普通の酒米で普通の酒を造っても、所詮、大手の酒造会社との価格競争には勝てん。このままだらだら酒造りを続けても、借金が膨らむばかりじゃや。うちのひとり息子の浩太郎《こうたろう》はまだ六歳で、これからどんどん金がかかる。このあたりで見切りをつけて酒蔵を処分した方が、お宅にも最小限の迷惑ですませられるじゃろうというわけですよ」

浩介さんは苦々しい溜息で締めくくった。

今のように情報化が進んだ時代ではない。私ひとりの知恵や手段には限界があった。それでも私は頭を下げて頼み込んだ。

「私に何がやれるか、今少し時間を頂いて、いろいろ当たらせてみてください」

浩介さんは口をすぼめた。けれど私は、すぐに思いつく二、三の可能性を示し、今後の行動を具体的に説明して、なんとか破産申請を二週間待ってもらう約束を取り付けた。

慌ただしい二週間になった。

昼休みを利用して市役所や農協に問い合わせ、その頃、田村市の外れの安い土地付き民家を借りて自給自足に近い生活を始めたばかりの若夫婦、望月淳《もちづきじゅん》、香里《かおり》夫妻に行き着いた。望月夫婦は私の提案に協力的で、翌日の夕方早速、私と一緒に棚田地区の世話役、末次孫一郎《すえつぐまごいちろう》さん宅を訪れ、休耕している棚田の持ち主に、代耕についての話を通してもらった。予想以上に多くの家が棚田の扱いに頭を悩ましていて、ただ荒らしているよりはと、期待以上の棚田を無償に近い形で借り受けられることになった。

「そのうち他の農家さんとも話し合い、個々の家任せになってきた米栽培を集約してゆきましょう。もっと多くの棚田を耕すには、私たち以外の若手を増やす必要もありますし」

いずれは地区の棚田をすべて復活させ、棚田を活かした町の活性化を目指そうと、望月夫妻は大きな夢で私に発破をかけてくれさえした。

　こうして酒米の確保に走る傍ら、山林保全のための一手も打った。

「是非とも七志信用金庫田村支店の名で町内会や小・中学校に呼びかけ、周囲の森林保全活動に乗り出してもらいたいんです」

　小島支店長に願い出ると、支店長は目をつり上げた。

「おまえにはまったく呆れる。突然、何を言い出すのかと思えば……」

　小島支店長は目の前の蝿を払うような仕草で、私の提案を払い除けた。

　水質を確保するための森林保全には、長年にわたる地道な努力が求められる。できるだけ大きな規模の継続した活動を実現するためにも、保全活動は七志信用金庫田村支店が先導する社会奉仕活動として定着させる必要があった。私は粘った。

「ですがこれをやれば、七志信用金庫が地域密着型の地方信用金庫であることを、マスコミを通じて大々的に宣伝できますよ」

マスコミと聞いて、小島支店長の表情がころりと変わった。

実を言えば、これは口からの出任せだった。けれども言い出した手前、私はテレビや新聞、ラジオに企画案を持ち込み、猛烈にアピールした。幸い目論見は功を奏し、以後毎年保全活動が開催されるたびに、七志信用金庫田村支店と小島久司支店長の名前が大きく報じられ、小島支店長を喜ばせることになった。

棚田再生にしても、森林保全にしても、最初の二週間でやれたことは、笹井酒造の伝統的な酒造りを支える長い道のりの、ほんの最初の小さな一歩にすぎなかった。それでも、それまでひとりで頭を悩まし、先行きのなさに無力感を募らせていた浩介さんの気持ちを動かすに足りたようだった。

約束の二週間が過ぎたとき、浩介さんの方から経営に関わる相談が持ちかけられた。

「これまでどおり酒を造ってゆけても、経営の厳しさは変わらんですよ。今の物価高に見合うだけの価格転嫁は、うちのような小規模経営の酒蔵じゃあなかなかかなわんですけえ。それで考えたんじゃが、今は大半が処分できずに終わっとる酒粕を、もう少しどうにか売りさばけんもんじゃろうか。仁科さん、何かいい知恵はないですかのう」

突然持ち出された相談だったが、嬉しさも手伝い、私は一生懸命知恵を絞った。

「酒粕を酒粕として売るには限界がありましょう。一番良い方法は付加価値を付けて、できるだけ高額な商品に変えてゆくことですね」

すぐに思い浮かんだのが、笹井酒造同様、経営問題を抱えていた宮下《みやした》洋菓子店だった。互いに助け合うことで、それぞれに新たな生存の道を切り開けないか。

そんな思いで初めて宮下洋菓子店を訪ねたとき、店主、宮下亮二《りょうじ》さんは六三歳で、長引く不況に疲れて、早めの引退を考え始めていた。酒粕という和の素材を取り入れた新たな洋菓子作りと聞いて、亮二さんは腰が引けたようで、難色を示して腕を組んだ。

「酒蔵の方にも商品を置いてもらえるんなら、その分、お客も増えるんじゃあなかろうか。やってみて損はないがね」

亮二さんの背を押してくれたのは、妻、政子《まさこ》さんだった。

酒粕ケーキ、酒粕クッキー、酒粕プディング――、亮二さんが難しい顔で生み出した試作品を、地元の古い酒蔵とタイアップして生み出した地域ブランド商品として、笹井酒造だけでなく、駅や駅周辺の土産物店にも置いてもらえるよう、頭を下げて回った。それまで田村市には地域ブランドという概念がほとんどなかった。そのせいで目新しさも手伝い、予想外の高い評価を得て、本格的な販売に踏み出すことができた。

新しい洋菓子作りは、酒粕消費という点では一助に留まったものの、宮下洋菓子店の経営は思惑どおり改善し、七志市の洋菓子店で働いていた宮下夫婦の娘、明子《あきこ》さんが、実家に戻って家業を手伝うという、明るいニュースもたらされた。

さらに、宮下洋菓子店の成功に、駅前通りに立つビジネスホテル田村の若旦那、鈴木《すずき》公彦《きみひこ》さんが関心を寄せた。公彦さんは小・中学校で明子さんと同級だったそうで、明子さんを通して私に大きな提案を持ちかけてきた。

ビジネスホテル田村が建設されたのは第二次世界大戦後まもなくのことで、当時田村市が市の発展のためにと誘致した農機具会社と、その下請け工場や作業所を訪れる人たちが、主たる利用者だった。しかし二度目のオイルショックでその農機具会社が倒産し、関連の下請け工場や作業所はもとより、煎餅店を廃業したあとの父の再就職先を含めた、様々な業種での関連倒産が相次ぎ、田村市は不況のどん底に叩き落とされた。

「農機具会社の再建はかないそうになく、田村市の不況は長引き、ビジネスで市を訪れる者も激減し、ビジネスホテル田村は苦しい経営を強いられ続けています。建物も古くなってきていますから、この際、思い切って観光ホテルに建て替えて出直せないかと考えたのですが、うちの取り引き銀行、七志銀行には、田村市のような小さな地方都市には観光客を呼び込むだけの材料がないと、断られました」

宮下明子さんに頼まれてビジネスホテル田村に出向いた私に、公彦さんはホテルが置かれている現状を大まかに説明した。

「確かに、田村市には名の知れた観光地はありません。ですが人を惹きつけるのは、名所旧跡ばかりではない。都会の人には田舎の風景や暮らしそのものが珍しい。それに酒粕スイーツは、地元民にも目新しいものだった。だから、山菜や川魚といった地元食材に地酒の酒粕を掛け合わせた、今までにない郷土料理を提供すれば、必ず大きな関心を呼ぶ。笹井酒造の酒や宮下洋菓子店の酒粕スィーツを合わせた、コース料理にしてもいい」

公彦さんは料理だけでなく、酒粕を使った入浴剤や美容パック、化粧水など、酒粕の利用法をあれこれ調べ上げ、化粧水などの試作品まで作っていた。

「酒粕を使ったエステサービスを加えれば、懐の豊かな都会の女性を取り込めます。ただ、そのためにも、都会の女性客を惹きつけられるような洒落たリゾートホテルに建て替えたい。仁科さんならきっと私のこの挑戦を理解して、そのために必要な融資の口利きを七志信用金庫にしてもらえると、考えたんです」

公彦さんの熱意あふれる眼差しがまぶしかった。

というのもその頃の私は、七志信用金庫の肩書を使って顧客の経営相談に乗ることを、勤務時間外の個人的活動として大目に見てもらっていたにすぎなかった。融資話の取り次ぎなど、一顧だにされないどころか、むしろ反発を招きかねなかった。

「建て替えを考える前に、まず集客の努力をしてみませんか。確実に客足が伸びていれば、うちでも七志銀行でも、喜んで融資するでしょう」

敢えて七志信用金庫田村支店の内情には触れず、話の的をビジネスホテル田村の業績作りに絞った。

「酒粕を使った食事メニューの提供だけなら、今のホテルでもできます。それに望月夫妻を紹介しますから、夫妻に力を貸してあげてください。夫妻は棚田再生のため、様々なイベントを企画しています。これが成功し、外から田村市を訪れる人が増えれば、ビジネスホテル田村の利用客も増加するでしょうし、そこで地酒や地酒の酒粕を使った色々な料理が味わえるとなると、贔屓の固定客がつくかもしれません」

　棚田地区の休耕田を再生し、地区全体を採算の取れる形で維持管理してゆくには、多くの人手と資金が必要だった。その両方を少しでも楽しく集めようと、望月夫妻は棚田再生プロジェクトとして、田植えや稲刈りをはじめ、棚田を舞台にしたバーベキューやどじょう掴み、お月見会、水源での蛍狩りや夏場のキャンプなど、多くのイベントを企画したがっていたが、こうしたイベントを開催するにも人手は欠かせなかった。

　公彦さんはホテルの若旦那としてのノウハウを活かし、必要な場面ではホテル従業員も動員して、棚田再生プロジェクトを大いに盛り立ててくれた。そのおかげもあって、回を重ねるごとにイベントの参加者数が増え、棚田地区から休耕田が減っていっただけではない。笹井酒造や宮下洋菓子店の売り上げも増加したし、遠方から参加する者の中には、ビジネスホテル田村に宿泊し、夜の食事で珍しい酒粕コースを楽しむ客も出てきた。

　酒粕コースは斬新さも手伝い、イベントのたびにマスコミが紹介してくれる。おかげで認知度が上がり、イベントとは無関係に料理目当てで遠方から訪れる客も増え始めた。その結果、古くなったホテルの建て替えが難しくなった。

「ここで休業すれば、せっかくついた贔屓客を手放すことになります」

一難去ってまた一難と、頭を抱える公彦さんに、私は笑いながら新たな夢を提供した。

「いっそ、棚田のそばに観光宿泊に特化した、自然と共存できる新しいタイプのリゾートホテル田村を建設してはいかがですか。棚田地区の奥、野中川《のなか》の水源に近い野中湖周辺に、木立がおい茂る広い一帯がありますね。あそこは森林管理組合の所有地ですが、維持管理に苦労しているそうです。あそこの棚田に近い一画に、まずは小ぶりの本館を建て、その後徐々に周囲の木立の中にキャビン風の別棟を増やしてゆけば、借入金を抑えることもできます。自然と共存する形の開発であれば、森林組合は承諾してくれると思いますよ」

私の大胆な提案に公彦さんは目を見張った。それから眉根を寄せて天井を見上げながら、じっと考え込んだ。そして、

「ビジネスホテル田村の方は、今のままにしておくと？」

と、聞き返した。

「新しいリゾートホテル田村は、都会では味わえない自然空間を堪能させる、木材をふんだんに使った少し贅沢な宿にする。デザインや機能を工夫して、森林組合が提唱している間伐材の有効活用を図れば、建設費用の節約も可能でしょう。さらに、リゾートホテル田村では、今提供している酒粕コース料理に加え、徹底的に地元にこだわった料理を用意し、

公彦さんが最初に考えていた酒粕風呂や酒粕エステなども別料金で体験できるよう、手間暇かけたおもてなしをする」

私はまず、新しいホテルのイメージを鮮明にした。その上で、さらなる夢を展開した。

「他方ビジネスホテル田村は、今も利用してくださっているビジネス客を取りこぼさないよう、また、金銭的余裕がないために、今は野中川沿いの広場にテントを張ったり、車中泊をしたりしながらイベントに参加してくれている若者や、運営を支援してくれているボランティアの人たちを取り込めるよう、手間と利用料金の両方を抑えた自主管理形式のゲストハウスに改修する。ビジネス客用にシングルルームは今のまま残し、広い部屋だけシェアルームに作り変えるなら、改修費用も、工事期間も、最小限ですませられます」

公彦さんは腕を組み、今度は頭を胸に埋めて考え込んだ。そして、

「まずは、森林組合を説得しなけりゃあならないな」

と、呟いた。

公彦さんの行動力には目覚ましいものがあった。森林組合との話し合いでリゾートホテル田村の青写真を作り上げ、組合の許可を取り付けるまでに、ふた月とかけなかった。

「ビジネスホテル田村の改修は第二段階。まずは、リゾートホテル田村です。開発面積と

保全管理区域について、森林組合の方は了承してくれました。あとは資金をどうするかだけだ。仁科さん、七志信用金庫への口利き、よろしくお願いします」

公彦さんは私に頭を下げた。

ここに至って、私は初めて七志信用金庫田村支店における自分の立場を明かした。

「皆さんは私の発案や、それを実現させるための活動を、心から感謝してくださいますが、七志信用金庫では一度として、『助かった』とも、『ありがたかった』とも、言われたことはないんです。むしろ、いそいそと退社するのを大目に見てやっているという扱いで、『仁科もご苦労なことだ』と、揶揄されることもあります。小さな地方信用金庫にとって大口の融資先を新規に獲得することは大きな手柄ですが、大口になればなるほど、それだけリスクを抱え込むことにもなります。今の七志信用金庫では、そのような重要取り引きに一介の女性行員の意見を取り入れることはありません」

公彦さんは私の言葉に驚きを隠せず、しばらく言葉を失っていた。それから慌てて頭を下げた。

「そんなこととは露知らず、これまで仁科さんの手を随分と煩わせてしまいました。誠に申し訳ありませんでした」

「謝られる必要はありませんよ」

恐縮しきりの公彦さんに、私は笑いかけた。

「皆さんのお役に立てることが嬉しくて、勝手にお節介を焼いているだけですから。ただそういう事情なので、ご自身で七志銀行なり七志信用金庫なりに赴き、ビジネスホテル田村が新しい路線でこれまで着実に伸ばしてきた実績を、具体的な数字を示して掛け合われた方が、すんなりと融資を受けられるでしょう」

公彦さんが熱心に取り組んできたことだった。その苦労は是非とも報われて欲しいと願った。しかし私の提案に公彦さんは眉を寄せ、きっとした表情で断言した。

「棚田再生プロジェクトがうまく運んでいるのも、それに加わることでうちの経営が回復したのも、仁科さんの支援があったからです。今回の事業拡張計画も仁科さんに背中を押してもらった。資金調達は、是非とも仁科さんを通してやりたい」

公彦さんの潔い決断に、胸が熱くなった。

もっとも、小島支店長にリゾートホテル田村への融資話を持ち出した途端、案の定、目を剝かれた。

「仁科ぁあ！　増長するなよぉ。誰がお前に融資の話を探してこいと言ったぁあああ！」

小島支店長は口角泡を飛ばし、頭からは湯気が立ち上って見えた。それを冷めた目で眺め、鉄面皮を貫きながら、私は棚田再生プロジェクトがこれまでに催したイベントと増加する来場者数、その宿泊先の現状という、具体的な事例と数字を並べた。

「棚田再生プロジェクトは、高齢化と過疎が進む地方で比較的若い人たちが中心になって町の魅力を掘り起こそうとする試みで、毎回マスコミが注目してくれています。リゾートホテル田村の建設はそれに拍車をかけるものですから、マスコミは必ず大きな関心を寄せるはずです。七志信用金庫田村支店がその資金提供を担うとなれば、森林保全活動同様、七志信用金庫の株をぐっと上げてくれるに違いありません」

棚田再生プロジェクトの注目度には、小島支店長も無視できないものがあった。しかも新たな地域活性化に関わる融資となれば、社会貢献度は高い。その融資が成功すれば、将来にわたって七志信用金庫の名誉となるだけでなく、手がけた自分の手柄にもなる。

心が揺らぎ始めた小島支店長に、私はとどめの一撃を加えた。

「七志信用金庫がこの融資に応じてくれないなら、もともと七志銀行が取り引き先なので、そちらに話を持ってゆくと、鈴木さんはおっしゃっています」

小島支店長はギロリと私を睨んだものの、本店に打診してみようと言った。

本店からの査察が入ることになった。

私は入念な根回しをし、鈴木公彦さんの後ろに、棚田地区世話役の末次孫一郎さん、棚田再生プロジェクトリーダーの望月淳さん、森林組合長の竹村嘉洋《たけむらよしひろ》さん、田村市役所地域産業振興課の瀬尾始《せおはじめ》さんを揃えて、査察団を出迎えた。

互いの紹介が終わると、背後に控えた面々が次々と、棚田再生活動の必要性、背後の森林保全の緊急性、これらすべてを観光資源にした新たな町作りの斬新さと有効性を訴え、リゾートホテル田村の支援を乞うた。

「棚田地区の住民は年寄りばっかりで、年々体が利かんようになるし、米への補助金は減らされるばかりじゃけえ。わしらだけじゃあ、もう棚田を保ってゆけんのです」

「ですが、棚田は長年、笹井酒造に酒米を供給してきただけではありません。棚田の風景は田村市が誇れる自然景観ですし、棚田とその背後の水源を守ることは、地域の水害予防にも繋がります。棚田を維持してゆくには多くの人手に加え、資金も必要です。私たちはそれを棚田の観光化で得ようとしてきましたが、新しいリゾートホテルはその試みをあと押しし、田村市が新たな観光地として発展してゆく起爆剤にもなるものです」

「七志信用金庫さんが進めてくださっとる野中川流域の森林保全活動のおかげで、市街地に近い下流域の手入れは進んどります。じゃが水源に近いところでは、棚田再生プロジェクトチームが蛍の時期だけなんとか道を確保するという状態で、大半は手つかずのままで荒れ放題。森林を放置しておくと土砂崩れも起きる。どうにかせんとと、組合ではずっと話しおうてきましたが、何をするにも先立つもんがいる。結論が出んままずるずると、雨の季節を心配しながら過ごしてきとります。鈴木さんのリゾートホテル田村は自然を大事にしながら、保全活動を兼ねた開発をすると言うで、わしらにとっては願ってもない申し出です。地域の安心安全にも繋がることですけえ、七志信用金庫さんには是非ともよろしゅうお頼み申します」

「田村市にはこれと言った由緒ある名所旧跡はありません。けれども棚田の再生が進むにつれ、田村市には懐かしい日本の原風景があると言われるようになってきています。鈴木さんが計画されている、都会の人たちにお洒落に自然を楽しんでもらえる、自然と融合した新しい形のリゾートホテルも、田村市の新たな観光資源になるでしょう。市長もできるだけ応援すると言っておりますので、どうぞよろしくお力添えをお願い致します」

落ち着かない数ヶ月の議論を経て、融資計画が受理された。

リゾートホテル田村の建設は予想どおり田村市への集客をあと押しし、棚田再生プロジエクトを活気付かせた。さらにゲストハウス田村への改修はプロジェクトを支援する若者たちに歓迎され、イベントに頼らない定期的なボランティア受け入れに結びついた。

休耕となっていた棚田が次々と復活し、笹井酒造の採算ラインを大きく越える量の酒米が安定的に供給されるようになった。観光客や来訪者が増加したことで、笹井酒造の酒も、酒粕を使った地域ブランド品も、その他の私がまったく関与していない特産品も、順調に売り上げを伸ばしている。

ひとつの繋がりがまた別の繋がりをもたらし、オイルショック以来沈み続けてきた田村市の経済も、回復の兆しを見せ始めた。

この間、七志信用金庫田村支店にも変化が起きた。

男尊女卑の古い女性観に縛られ、上には媚びへつらい、下には横柄な権威主義的態度を取り続けた小島久司支店長に代わり、新しいタイプの田加賀丈治支店長が赴任した。田加賀支店長は私のそれまでの働きを見直し、信用金庫の正規渉外係として勤務時間内に活動できるよう取り計らってくれた。

二七歳の誕生日を目前に控えた五月のことだった。

＊＊＊

三十歳になった夏至の朝、外回りで最初に向かった先は、知的障害者支援センター「結《ゆい》」だった。「結」では職員の給与等は振り込みだが、センター利用者の作業手当は毎月二十日を精算日とし、翌二十一日に現金で届けられ、間宮敬太《まみやけいた》所長自らが手渡しで各自に支払う。現金での支給には保護者立ち会いが必要で、余計な手数がかかる。にもかかわらず、間宮所長は現金支給にこだわった。

「仁科さん、一度、直に作業手当を受け取るときの彼らの顔を見てやってください。あんな嬉しそうな顔、そうそうお目にはかかれませんよ」

間宮所長が私にこう促したのは、「結」の作業収入が大きく変化するきっかけを、私が作ったからだった。

それ以前にも「結」は、センター利用者の社会参加を目的に、箱の組み立てのような簡単で単純な作業は請け負っていたし、そのための作業スペースも併設されている。だが「結」には、こうした単純作業もこなせない障害者も多かった。

障害が大きければ、それだけ家族の負担も増える。「結」が少しでも手助けできれば、家族の心と時間にゆとりが生まれ、引いては障害者にも過ごしやすい環境が整う。こういう趣旨でセンターを利用してもらっている者には、絵を描いたり、土いじりをしたりと、危険のない範囲で好きなことをして楽しく過ごしてもらえれば良いと考えられていた。

七志信用金庫田村支店の渉外係として「結」を担当し始めたとき、私はこうした利用者が描く絵に興味を抱いた。絵の良し悪しは判断できなかったが、独特の色使いや筆運びが面白いと思った。

これを地域のために活かせないだろうか。

自分の思いつきを、棚田再生プロジェクトを通して親しくなった田村市役所地域産業振興課職員、瀬尾始さんに持ちかけた。

「田村市には伝統的な漆器や陶芸を手がける職人さんが何人もいらっしゃいますね。でも、他の地域の伝統工芸品との差別化が十分図られていないように思います。伝統技術に『結』の利用者が描く絵のデザインや色使いを取り入れれば、他にはない魅力的でモダンな作品に仕上がらないでしょうか。障害者が活躍できる場も広げられますし、こういう企画ならマスコミも注目してくれやすいので、販売の促進に繋がるかもしれません」

「良いところに目をつけましたね」

瀬尾さんは絵のサンプルを繰りながら、試しに一般市民や伝統工芸作家の反応を見てみましょうと、田村市役所玄関横のホールで絵画展を開くことを提案した。

絵画展の準備段階から、複数のテレビ局や新聞社が取材に来てくれた。一般市民や招待した伝統工芸作家にも好評で、二名の漆工芸作家がそれぞれに、ペンダントとブローチ、帯留めと髪留めを、手がけてみようと言い、若い陶芸家たちからも皿や茶碗、スープカップやマグカップなどで試してみたいという申し出があった。

試作品が出揃ったところで、再度、市役所のホールで臨時の展示即売会を催した。即売会に先立ち、「伝統工芸の業に斬新なデザインや色を組み合わせた、新たな次元の品々」の先行取材を願うと、ローカルニュースや新聞の地方欄で報じてもらえ、即売会当日は行列もできて、試作品はまたたく間に完売した。しかもこの模様が全国ニュースでも取り上げられたことから、購入問い合わせが相次ぎ、活動の継続が決まった。

この成功に気を良くした瀬尾さんは、パッチワークや小物を制作している市内の女性グループなどに働きかけ、「結」で描かれる絵の利用枠を拡大しつつある。

新たな絵を求めて「結」を訪れる人が増え、職員はその対応に追われるようになった。そのことで不満が出ないかと危惧したが、普段は地味な職場が注目の的になり、利用者も職員も誇らしげで、「結」は以前よりも明るくなったと、間宮所長は頬を綻ばせる。

そこで間宮所長の誘いを受けて、一度、手当の支給に立ち会わせてもらった。

家族が見守るなかで間宮所長は、「今月分のお手当ですよ。お疲れ様でした」と、センター利用者一人ひとりに声をかけながら給与袋を手渡した。利用者は受け取った袋を不器用な手つきで開き、中から現金を引き出し、立ち会いの親や兄弟姉妹に見せる。見守る家族の表情がほぐれると、利用者の顔にまぶしいほどの笑顔が花開いた。

お金の意味や価値についての理解度は、利用者ごとに異なっていたに違いない。だが誰もが、それが自分の存在を肯定するものであることをはっきり感じ取っていた。

そんな貴重な現金を運ぶのである。私は現金の入った書類鞄を自転車籠に収めると、その上に防犯ネットをきっちり掛けてから自転車を出した。

田村市は山に囲まれ、山腹の豊かな湧き水を水源にした野中川が、同様の小川を合わせながら平野部でひとつの大きな流れになる。その西岸、七志鉄道田村駅周辺が市の中心で、そこに七志信用金庫田村支店の他、田村市役所や農協田村支所、七志銀行田村支店が集う。

私は信用金庫を出ると、駅前から南に三百メートルほど、小さな商店や飲食店が立ち並ぶ通りを走った。そこからは人家と畑が交互に続く。しばらくその道を行き、それから西に折れて緩い上り坂に入る。「結」はそのずっと先、点在する人家も途切れ、四方に田畑が広がる中にぽつんと立っている。

午前も半ばを過ぎ、夏至の強い日差しが半袖シャツから覗く腕に突き刺さり、帽子の下の額に汗が滲んだ。「結」に作業手当を届けるのは心弾む任務だったが、上り坂にペダルを漕ぐ足が重くなると、思いは自然、このお金をいつまで「結」に届け続けられるのかと、先の見えない未来に飛んでいた。

と、突然、夏至のぎらつく日差しを青白い清涼な光が引き裂き、人影のようなものが私の自転車を差し押さえた――、ように思えた。

反射的にブレーキを握り絞め、自転車は前のめりになりながら止まった。

眼前、自転車をかすめるようにして軽トラックが走り過ぎた。

生け垣に視界を阻まれていたが、最後の人家の先は四叉路だった。日頃はほとんど人も車も通らない田舎道のうえ、暑さと上り坂でついうっかりしていた。

危なかった。

安堵と同時に、一瞬前に目にした鮮烈な光は何だったのかと首を傾げた。そのとき、正面下方向から憤懣やるかたない声が上がった。

「まーったく、親父ときたら、余裕も何もありゃあしない！」

自転車籠の中、書類鞄を覆う防犯ネットの上に小さな青いぬいぐるみがちょこんと座り、小さなへらのような手を腰に当てて、天を睨んでいる――、ように見えた。

「今度は、僕でも感心するような優れた奴だってえぇえ？　目の前の危険にも気付けない、とんだ間抜けじゃあないかぁあ！」

どこからともなく突然現れ、不平をまくしたてる小さな青いぬいぐるみに、私は目を見張った。それから、目をつむり、頭を振った。

夏至の暑さで幻想を見ているに違いない。そもそも、ぬいぐるみが口を利いているというところからして尋常ではない。

目を開くと、青い小さなぬいぐるみが小さなへらのような手を横に振った。

「違う、違う。幻想なんかじゃあないよ」

青いぬいぐるみはふてくされた顔で私の考えを否定した。

「神のパワーが最高になる夏至なんだから、何か奇跡が起きて欲しいって願ったんだろう？　それに、今日は誕生日なんだって？　親父としては誕生日プレゼントの大盤振る舞いのつもりなんだろうさ。気まぐれ親父の考えそうなことだ！」

途端に、大地を震わせるほどの雷が鳴り響いた。

ぎょっとして空を見上げると、梅雨の晴れ間特有の重苦しい青空のど真ん中で太陽がギラギラと輝き、雷が発生しそうな様子はまったくない。

「あれは親父だよ。ぐちゃぐちゃ言っていないで、さっさと仕事に取りかかれってさ」

青い小さなぬいぐるみはふんと鼻を鳴らした。

「えーっと、あのー、お父さん？　お父さんって？」

そう問い返してから、ぬいぐるみに話しかけている自分の馬鹿馬鹿しさに頭を抱えた。

「親父はこの世界で神様と呼ばれている存在だよ」

私の困惑をよそに、小さな青いぬいぐるみはくりくりっとした丸い黒目で私を真っ直ぐ見返して告げた。そして、

「僕《ぼか》ぁ、その子、つまり神の子で、青馬《せいま》という名だ」

と、自転車籠の防犯ネットの上で小さな胸を大いに張った。

私は右手を頬に当てて前屈みになりながら、目の前のぬいぐるみをまじまじと見つめざるをえなかった。

青い肌は高原の夏空のように爽やかで、吹き渡る風で掃かれた筋雲のように、真っ白な

たてがみがぴんと誇らしげに立っている。もっとも、横顔がかろうじてウマに見えなくもない、ぽっちゃりと可愛いらしい外観の小さなぬいぐるみである。降って沸いたように突然現れては、感情をむき出しにしゃべりまくっているが、それにしても……、よりによって、神の子とは！

私は頭を振り、肩を揺すって笑った。

三十歳の誕生日を迎え、これまでなんとか避けてきた難題がいよいよ重くのしかかり、切羽詰まって、朝から頭の中がごちゃごちゃしていたのだ。

「あ、信じてないな！」

小さなぬいぐるみは鼻先に皺を寄せ、ムキになったようにまくしたてた。

「神は本来、目には見えない存在さ。だけどもし僕が目に見える形を取るなら、あなたの理想を体現する高貴な姿であってしかるべきなんだ。それなのにわからずやの親父ときたら、神の一族なんて、地上じゃあせいぜい小さなぬいぐるみ程度の役しか果たせないと言い張って、地上に降りるのに、名前にちなんだちっぽけな青いウマのぬいぐるみにするから、話が通じにくくなる」

神の子を自称する小さなウマのぬいぐるみは腕を組み、顔をしかめて文句を垂れ続けた。

「まーったく、困ったもんだ。人間なんて目に見える形にばかりとらわれ、目に見えない大切なものを見ようともしない、しようのない連中だってえのにさあ」

そして両肩を上下させてこれ見よがしの溜息をついた。

「人間って、本当に愚かなんだよなあ。僕にすりゃあ、どうしてもう少し真っ当な判断ができないのかって腹が立つくらい、馬鹿なことばかりやらかす。だから僕ぁ、いい加減、こんなできそこないの欠点だらけの世界は全部ぶっ壊して、一からちゃんと造り直せと、親父に進言したことがあるのさ。そうしたら親父の奴、『この世界はなかなか優れた、わしの傑作なんだぞ』と、のたもうてね。挙げ句に、『おまえは少々短気すぎる、地上に降りて少し人間のことを学んでこい』って、地上に送り込まれた。小さなウマのぬいぐるみになるなんて、そのときは聞いちゃあいなかったけどな。ともあれ、駄目人間にも僕ら神の一族にはない、いろいろと捨てがたい良さがあることはよくわかった」

丸いくりくりっとした黒目を少し細めて何かを思い出すと、小さなぬいぐるみは大きくひとつ頷いた。それからやおら、舌なめずりしながら付け加えた。

「それに、まあ、地上では普段口にできない美味しいものがいろいろ食べられたしなあ」

小さなぬいぐるみは、へへへと笑って、鼻先をこすった。

「それで、また地上を訪ねてみるのもいいなと思ったのさ。もっとも、前回の相手は本当に不器用な奴だったから、今回はもう少し優秀な人間を相手にしたいと言ったら、親父の奴、パチンと指を鳴らしてさ。『丁度今日が誕生日の、お前が心底惚れ込みそうな、感心な女性がいるぞ。あれこれ問題を抱えているみたいだから、誕生日プレゼント代わりに行ってやれ！』ってさ。僕が斟酌する間も与えずに放り出しやがった」

小さな青いぬいぐるみが眉根をぐっと寄せた。

「でもって、それらしい姿が見えたと思ったら、自転車を漕ぎながら考え事に耽っていて、やって来る車に気付きそうもない！　まーったく、どこが感心できるってぇんだ！」

大声で私を叱りつけるぬいぐるみの背後には、両方向とも遠くまで畑地が広がっていた。すぐそばの人家も、建物は生け垣のずっと奥で、周囲に人気はまったくない。

私は自転車を生け垣に寄せて止め、自転車籠の防犯ネットの上でぷんぷんしている青い小さなウマのぬいぐるみを両手に取った。

実態のある、本物のぬいぐるみだった。

ぷっくらとしたお尻がちょうど手のひらに収まり、柔らかい生地の感触が心地良く、心のとげとげまで和らげてくれるようだった。横顔をウマらしくみせている唯一の白いたてがみを指で撫でると、光を受けて白銀に輝く毛先が気持ちをわくわくかき立てる。首回りの、黄と白の格子縞のリボンが背中で蝶結びされている様も、小粋で微笑ましい。

そっと抱き寄せてみると、それまで憤慨しきりだったぬいぐるみが表情を緩め、小さなへらのような手を広げて胸にすがりついてきた。すると、朝からずっと胸にわだかまっていた固いしこりが、嘘のようにすっと解けた。

「あなた、口は悪いけど、抱き心地が優しいぬいぐるみねえ」

気分が軽くなって、素直な賛辞が口を衝いた。

「あのねえ、僕ぁ、青馬って名だって言っただろう。ちゃんと名前で呼んでよね」

小さな青いぬいぐるみはサイズに似合わない大きな態度で要求した。

「はあ……、青馬――、君かな？」

私が聞き返すと、

「神の一族は性を超越した存在だ」

と、小さなぬいぐるみはもったいぶった態度で断言した。

「はあ……、性を超越ねえ……」

私の間抜けた反応に、小さなぬいぐるみは溜息をついたが、

「まあ……、僕らの本当の姿なんて、到底人間の思考が及ぶところじゃあない。だから僕だって、人間世界で『父なる神』と呼ぶように、親父を親父と呼んでいるし。あまり深く考えず、青馬君でいいんじゃない」

と、思いの他あっさりと妥協した。

一方私の方は、依然、このおかしなぬいぐるみをどう捉え、どう扱うべきか、迷っていたが、そんな私の逡巡などまったくお構いなしの青馬君は、まん丸い黒目を愛想良く見開いて問い返した。

「ところで、あなたの名前は何なんだい？」

「私は――」

青馬君の勢いに押され、つい答えていた。

「仁科夏美よ」

「じゃあさ、夏美さん」

と、青馬君が私の両手の中で背筋を伸ばして進言した。

「僕ぁ、あなたがどんな問題を抱えているのか、あなたに何をしてあげたら良いのか、親父から全然説明を受けていない。そのことは追々聞くとして、さっきはやけに一生懸命自転車を漕いでいたじゃあないか。こんなふうに道草を食っていて大丈夫なのかね」

急に現実に引き戻され、腕時計を見て飛び上がった。約束の時間を過ぎかけていた。

「まーったく、本当に、こんなで、どこに感心しろってぇかぁあ?」

青馬君が再び天にしかめ面を向け、大仰に首を振った。

私は誰もいない四方を見回しながら、少し大きな声で呼びかけた。

「このぬいぐるみ、どなたのものでしょう?　私が連れていって良いのでしょうか」

「大丈夫、大丈夫」

青馬君が両手を腰に当て、気安くくいくいと頷いた。

三十歳の夏至の誕生日、勢いを増す日差しに景色が少し歪み、ありふれた日常がどこかおかしなものに変わりつつあった。

＊＊＊

神の子を自称し、大きな態度で生意気な口を利く、こんな奇妙なぬいぐるみをそこら辺に放り出してゆくわけにもいかない。

青馬君を自転車籠に戻し、知的障害者支援センター「結」に向けて懸命に自転車を漕ぎながら、私は自分自身に言い訳した。

しばらく田畑が続いたあと、低い植え込み越しに、センター利用者の手を借りて耕す畑と木造の建物が見えてきた。二階建ての部分が「結」の本館で、一階南側には玄関ホールを兼ねた開放的な自由室と、畑を見渡しながら食事ができるサロンが並び、奥に事務室や給仕室が備わっている。二階は短期宿泊用の部屋で、体調の優れない利用者の一時休憩室として使用されることもある。自由室から屋根付きの短い通路で繋がっている部分は作業所で、様々な手仕事が行えるように大小ふたつの作業スペースが整っていた。

私は玄関横に自転車を止め、書類鞄を取り出して、その隅に青馬君を押し込んだ。そして、丁度到着したばかりの利用者を家族から引き継いでいる職員に黙礼し、自由室のそこここで思い思いの活動をしている利用者を横目に、奥の事務室に急いだ。

「あ、おウマさん！」

大きな声で呼びかけられ、事務室のドアノブに置きかけた手を止めて振り返った。

胸に画材道具を抱きかかえた内海裕《うつみひろし》さんが、大きく破顔しながら跳ね飛ぶようなステップで近づいてきた。四十台半ばの、体格の良い丸顔の男性で、気に入ったものを見つけると心の底から嬉しそうに笑う。

内海さんは利用者の中でも目立って内向的で、言葉数も少なく、人と交わることが苦手らしい。以前はご両親でさえ扱いに困ることが多かったと聞いていた。ところが「結」に通い、間宮所長の勧めで絵を描き始めると、食事をする間も画帳を手放さなくなった。そして一日中センター内をあちこち歩き回っては興味の対象を見つけ、そこにじっと座り込んで絵を描く。

絵を描いている内海さんは無心で、すごく幸せそうに見えた。

「いつも対象をじっと見つめながら描いているんですがね」

内海さんの絵を私に見せながら、間宮所長が苦笑い混じりに言ったことがある。

「正直、これらの絵、何に見えますか。私には、何を描いたものかさっぱりわかりません。ですが、田村磁器職人の東郷《とうごう》さんや、漆工芸作家の岡谷《おかや》さん、キルト作家の小林《こばやし》さんなどには、とても評判がいいんです。職人さん、作家さんによって、好まれる絵は違いますが、仁科さんの企画を軌道に乗せたのは内海さんの絵と言えるほどの人気です」

そういうこともあり、センター利用者の中でも馴染み深い内海さんだったが、中年の大男だけに、諸手を挙げて駆け寄られると、さすがにぎょっと反り身になった。

「おウマさん！」

内海さんの視線は私ではなく、書類鞄から半身を出していた青馬君に注がれていた。

次の瞬間、青馬君は書類鞄から強奪され、内海さんの胸の中で画材道具と一緒に、ぎゅっと抱き締められていた。

「ムグ」

青馬君が息を詰まらせ、青い顔を一層青くした。

「た、助け……て」

「そっとね、もうちょっとそっと抱いてあげないと、息ができないと言っていますよ」

私は極力穏やかに話しかけた。

内海さんは私の方をじっと見返してから、左手でつかんだ青馬君を私の方に突き出し、満面の笑みで叫んだ。

「おウマさん！」

「こんにゃろう、無茶しやがって！」

最初より幾らか息がつけるようになった青馬君がわめき、自由になろうともがいた。だが惜しみない笑顔を向けてくる内海さんの握りは固かった。

私は書類鞄を足元に下ろし、内海さんが握り絞める左手を両手で優しく包み込んだ。

「この子は青馬って言います。よろしくね。小っちゃな子だから、もう少し、そおーっと扱ってやりましょうね」

私の両手の中で内海さんの握る手が気持ち緩んだように思えた。

「そう、そう、できたらもう少し力を抜いてやってくださいね」

そう話しかけながら、内海さんの指と青馬君のあいだに私の指を差し入れようとしたものの、内海さんの握りをほぐすことはできなかった。

この様子に気付いたセンター職員の松本冴子《まつもとさえこ》さんが駆けつけ、青馬君に目を留めた。

「あらぁ、可愛いワンちゃんね。内海さん、どこで見つけたの」

「イヌじゃあない！　ウマだ！」

逼迫した窮状にもかかわらず、青馬君は松本さんにかみついた。その大声に私は思わず身をすくめ、手を引いた。

「おウマさん！」

青馬君を松本さんに突き出しながら、内海さんはにこやかに誤りを正した。

「あら！　まあ、そう？」

松本さんは内海さんの指摘を軽くいなし、私に目で問いかけた。

「ああ、はい。私が連れてきたものですが……、内海さんのお気に召したようで」

「助けてくれよぉ。僕ぁ、握り潰されちゃうよぉ」

内海さんの愛情一杯の手から逃れようと、青馬君はひたすらもがき続けていた。

「相手はぬいぐるみですが、ちょっと力が入りすぎているもので……」

松本さんは私に頷いてから、内海さんに勧めた。

「内海さん、おウマさんが気に入ったの？　それなら、絵を描いてあげましょうよ」

松本さんは内海さんを近くのテーブルに誘った。そこに着席すると、内海さんは促されるまでもなく青馬君をテーブルの上に置いた。

自由を得た青馬君は安堵の吐息をつき、こりこりと肩を解きほぐし始めたところで凍りついた。内海さんが左から、右から、舐め尽くすような視線を向けていた。

「ヒェー！　嘘だろう？　心の底までひん剝かれるよぉ！」

恐慌をきたす青馬君を前に、内海さんは上機嫌で画帳を開いた。

その様子を確認して、松本さんは私にそっと囁いた。

「こうしてしばらく絵を描いていれば、内海さんは落ち着きます。描き終わればぬいぐるみへの関心はなくなりますから、先に事務所で用をすませてきてください」

さすがに利用者の扱いは心得たものだった。

私は無言で松本さんに頭を下げ、事務室の方に向かおうとした。

「嫌だ、嫌だよぉお！　夏美さーん、置いてかないでよぉおおお！」

青馬君が泣き声を上げ、私の方に逃げ出そうとした。

「動いちゃあ駄目！」

私はきっと指差して青馬君を制した。

「神の子なんでしょう？　人助けと思って、少しの間、内海さんの相手をしてあげなさい」

半時後、作業手当の支払いをすませ、間宮所長と近況を交換して自由室に戻ってみると、青馬君は疲れ切った諦め顔で最初に置かれた場所におとなしく座っていた。内海さんは最後の仕上げ段階なのか、絵に覆い被さりながら懸命に絵筆を動かしていた。

私から内海さんの様子を聞いた間宮所長が私と一緒に自由室に出てきて、内海さんに近寄り、その手元を覗き込んだ。

「こりゃあ、また、綺麗な絵だなあ！」

思わず口を突いて出た間宮所長の称賛に、内海さんが体を起こし破顔した。

内海さんが手がけていたのは、濃淡が微妙に変化する青の中で、鮮やかな白が清々しくも楽しい模様を織り成す絵だった。流れゆく雲を宿す夏空と見るか、波頭が踊る南の海と捉えるか、はたまた、遠い宇宙から眺めた地球の一画を思い描くか、人様々だったろうが、不思議と心をくすぐり、晴れ晴れとした気持ちにさせてくれる絵だった。

「おウマさん」

内海さんは笑いながら、ふてくされ顔の青馬君を指差した。

「はい」

間宮所長は同意したものの、絵の中に馬の形は微塵もなかった。

「そろそろ仁科さんはお帰りです。絵ができあがったのなら、このぬいぐるみは仁科さんにお返ししてもいいですね」

松本さんがやって来て青馬君を取り上げ、私の手に戻してくれた。

内海さんは一瞬、悲しげな目をしたが、元気づいた青馬君がバイバイと手を振ると、自分が描いた絵を胸に抱き寄せ、

「またね」

と、笑顔に戻って手を振り返した。

私は内海さん、松本さん、そして間宮所長に頭を下げ、「結」をあとにした。

建物を出るや否や、青馬君が恨めしげな目で私を詰った。

「夏美さん、冷たいよぉお。内海さんったら、僕を丸裸にしかねなかったぞぉ」

青馬君は両肩を寄せ、ぶるると身を震わせた。

「丸裸って、青馬君はもともとリボン以外、何も身に付けていないじゃあない」

私は高らかに笑った。けれども青馬君は真顔で力説した。

「だから怖いんじゃあないか！　できるものなら、皮をはいででも中を覗きたいって目だったぞぉ。恐ろしいったらありゃあしない！」

青馬君は自分の体を両腕で抱きかかえ、再度大きく身震いした。

「へええ」

空から降って沸いたように現れ、感情も露わにしゃべりまくり、恐れ多くも神の子を名乗るぬいぐるの本性を、内海さんは一瞬にして見取ったのだろうか。

内海さんの尋常でない才能に改めて驚かされた。

私が書類鞄を自転車籠に戻して防犯ネットを掛けると、青馬君はまるでそこが定位置ででもあるかのように、ぽっちゃりしたお尻を網の上に居心地良く落ち着け、籠の縁に両手

を掛けて出発を待った。そのあまりに自然な振る舞いに、ぬいぐるみなのにどうしてしゃべれるのか、本当は何者でどこからやって来たのか、もはや考えあぐねる必要はないように思われた。

＊＊＊

午前中、他に三軒、個人宅を訪問した。六月は年金支給月ということもあり、この数日は、信用金庫に自ら出向けず、金銭の出し入れを頼める身寄りも近くにいないひとり住まいの老人から、小額の引き出し依頼が続いていた。

毎回の取り引き額は小さくても、長年ご利用頂いてきた大事なお得意様だ。七志信用金庫は、利用者の維持と信用金庫の社会貢献を兼ね、渉外担当者によるひとり暮らし高齢利用者の見守りを積極的に進めてきた。

最初に訪問した松田鈴子《まつだすずこ》さんは八十台も半ばで、緑内障がかなり進行していた。室内での移動も手すりを頼りにしながらで、食事は配食サービスを利用するほど。その松田さんが、書類鞄の端から半身を覗かせている青馬君には敏感に反応した。

「おや、まあ、可愛いぬいぐるみだこと!」

松田さんは見えにくい目で見ようと、青馬君の方に顔をぐっと近づけた。

「何のぬいぐるみかのぉ。白いのはたてがみ、みたようじゃが、おウマさんかの?」

青馬君は短いたてがみをつんと立て、誇らしげに胸を張って頷いた。

私は青馬君を書類鞄から取り出して松田さんに差し出した。

「今日は私の誕生日ということで頂いた……、ようです。青馬という名前です」

「おや、仁科さん、今日がお誕生日かの。そりゃあ、おめでとう。お幾つになりんさったね?」

女性に歳を聞くものではない、と言われるようになる以前を生きてきた松田さんは、青馬君を両手で受け取って膝に座らせながら、邪気のない笑顔で尋ねた。

「三十になります」

私は偽ることなく答えた。

「三十かね……」

松田さんは見えにくい目を細め、遠い昔を振り返った。

「三十の頃といやあ、子供たちも小さくて手がかかり、舅や姑とのあいだにもあれやこれやあって、大変じゃったのぉ……。じゃけんどあの頃は、わしもまだ若かったけぇ……」

松田さんは皺の寄った手で青馬君のたてがみを撫で下ろしながら、ひとしきり昔話に耽った。青馬君は松田さんの膝にこじんまりと収まり、うとうとしていた。

「やれやれ、年寄りの昔話に付き合わせてしもうたのぉ。おかげでいい心持ちになりゃんしたよ。今日は気持ち良く過ごせそうじゃ。ありがとうさんでした」

松田さんは青馬君を私に返しながら礼を述べた。

「こちらこそ。これからも、どうぞよろしくお願い致します」

私は頭を下げて、松田さんのもとを辞した。

「ふわぁあ」

自転車籠の定位置に戻ると、青馬君は気持ち良さそうに大きく伸びをした。

残り二軒の取り引き先でも、お年寄りたちはすぐに青馬君に気付いた。そして、私の誕生日の話をきっかけに、半世紀以上も昔の若かりし頃をあれやこれや物語った。

「青馬君は小さいのに、お年寄りの皆さんの目にはよく留まるわね」

信用金庫への帰り道、緩い下り坂を風を切って走れば、じめじめした温風も心地良く、私は梅雨の青空を仰ぎながら自転車籠の青馬君に話しかけた。

「みんな寂しい人たちなんだ。神はそういう人たちの心に寄り添うものだから、そういう人たちには神がよく見えるのさ」

青馬君は自転車籠の縁に両手を掛け、夏風に白いたてがみをそよがせながら応じた。

「そういえば夏美さんは誰にでも、実に親身に寄り添ってやるなあ。まるで神の代理を果たしているみたいだ。なんとなく、親父が夏美さんに肩入れする理由がわかったような気がするよ」

ささやかな私の業務を神様の御業に重ねるなど、あまりに大それた突拍子もないことで、私は温風に晒す頬を緩めずにはいられなかった。

＊　＊　＊

「遅い！」

七志信用金庫田村支店に戻った途端、広重諒一《ひろしげりょういち》主査に睨みつけられた。

壁の時計は十一時を過ぎようとしていた。昼の混雑に備えて早めに昼休憩に入る女性行員に代わり、窓口に立つ時間だった。広重主査に黙って頭を下げ、青馬君を入れたままの鞄を自分の机の足元に置いて空席の窓口を埋めた。

十二時、入れ替わりで昼食を終えた女性行員が全員窓口に揃い、私は自分の机に戻った。

驚いたことに青馬君が勝手に鞄から机の上に出てき、腕を組んであたりを睥睨していた。

「ここは職場よ。勝手に動き回ったら駄目じゃない」

小さな声で叱りつけ、机の下に戻そうとした。

青馬君は書類立てにしがみついた。

「大丈夫だよぉ。ここじゃあ、僕に注意を払うような者はひとりもいやあしないって。机の下じゃあ息が詰まるよぉ」

昼の立て込む時間帯、誰もが仕事に追われていた。

「しようのない子ね。書類立ての陰でおとなしくしているのよ」

青馬君の頭をそっと撫で下ろすと、白いたてがみが指に優しく、胸がすっと軽くなった。

外から持ち帰った支払い書類を田加賀支店長に提出し、再び机に戻ると、窓口で受け付けられた入出金の二次点検に精を出す。いつもなら味気ない事務処理だったが、目の端に青馬君の明るい姿があるせいか、浮き浮きと心が弾んでいた。

時計が午後一時を回って昼の混雑が一段落したところで、私は青馬君と一緒に奥の休憩室に入った。私の姿を合図に渉外係の男性行員たちが部屋を離れた。

中央のテーブルに青馬君を下ろし、朝、ロッカーに移しておいた弁当を取り出す。

昨日の残り物を詰めただけと言っていたが、梅と昆布を顔に見立て、海苔の着物でくるんだおにぎりは、お雛様のようだった。昨夜のハンバーグも小口切りにして、ほうれん草入りの卵焼きと交互にピックで止めてあり、彩りにきゅうりとちりめんの酢和えとミニトマトが添えられている。慎ましい材料を最大限華やかに飾りつけた弁当だった。

「わぁあ、凄い！」

青馬君が弁当箱に身を乗り出し、手を叩いた。

「夏美さんが作ったの？　綺麗で美味しそうだなあ！」

「今日は私の誕生日だからって、母がひと手間かけてくれたのよ」

「お母さん、優しいなあ。いいなあ。いいなあ」

青馬君は丸い黒目を見開いて弁当を見つめ、ごくりと喉を鳴らした。

「青馬君……、食べたいの？」

ぬいぐるみにものが食べられるのか、という疑念など勢いよく跳ね飛ばす明るい笑顔で、青馬君がぐいぐいと頷いた。私は弁当箱の蓋を皿代わりに、おにぎりの端っこを取り分け、ハンバーグと卵焼きのピックを一本付けて差し出した。

青馬君は笑みを広げ、足踏みしながら腰を左右に振った。

そして、あーら不思議！　青馬君の腰が左に右にと揺れるたび、蓋の上の食べ物は小さくなり、遂にはなくなってしまった。

「わぁあ、ハンバーグもほうれん草入りの卵焼きも、いい味付けだよぉ。お握りの塩加減も抜群。お母さん、料理が上手だぁあ！」

青馬君が両手を頬に当て、目を細めて褒めちぎった。

どうやら食べ物はちゃんと青馬君のお腹に収まったようだった。

青馬君の食べっぷりに見とれていた私は、改めて自分もハンバーグと卵焼きを口にし、

「ハンバーグは一晩経っていても美味しいいし、卵焼きも出汁がよく利いているわね」

と、青馬君の評価に同意した。

それから、口直しにきゅうりとちりめんの酢和えに箸を伸ばしかけると、青馬君の視線が痛い。

「あの……、青馬君は酢の物なんかも食べる？」

「酢の物もミニトマトも、大好き！」

青馬君は再び強く頷いた。

蓋にきゅうりとちりめんの酢和えを少し載せ、ミニトマトを一個添えてやると、青馬君は上機嫌で足踏みしながら腰を振り、そのリズムに合わせて蓋の上が再び空になった。

「うーむ、酢と砂糖のあんばいが丁度良いなあ。トマトも甘いよぉ」

とろけるような笑顔で評する。見ていても気持ちの良い、清々しい食欲だった。

「青馬君の絶賛、母に聞かせたいわ。頑張って早起きした甲斐があったと、さぞ喜んでくれるでしょう」

母だけではない。私にも楽しい昼食になった。

七志信用金庫で誰かと打ち解けた昼食を取ったのは、入店後まもない頃以来だった。

渉外の仕事をし始めると、昼食はそこそこに、昼休憩を調査や根回しに使うようになり、たまにゆっくり過ごせても、他の女性行員は私と距離を置きがちになった。

田加賀支店長のもとで渉外勤務が公認されてからは、私の休憩時間は誰とも重ならなくなった。ときに通常の昼食を取り損ねた支店長や主査、比較的時間に縛られない渉外係の男性行員と一緒になっても、雑談を交わしながら楽しくということにはならなかった。

慎ましい弁当にも賛辞を惜しまない青馬君のために、私はおにぎりの海苔が巻かれた最後のひと口を弁当箱の蓋に載せて勧めた。鈴を転がせるような歓声を上げ、青馬君は大きなステップを踏んで腰を振った。

おにぎりの最後の塊が消え、青馬君が満足げに腹鼓を打った。

「美味しいものを食べれば、それだけで幸せになれる。僕ぁ、美味しいものが、だーい好きだ！」

ささやかな食事に快哉を叫ぶ青馬君を見ていると、食べ物がどうやってお腹に収まったかなど、問題にはならなかった。それよりもむしろ、別のことに引っかかった。

「神の子なら、もっと美味しいものがいくらでも手に入るんじゃあないの？」

途端に、青馬君は真顔に戻り、ぷるぷると大きく頭を振った。

「僕の普段の食事なんて、霞ばっかだよぉ」

青馬君は口を尖らして不満を漏らした。

「親父は、全知全能、完全無欠の神の一族たる者、いちいち食べ物のことなんぞに構うんじゃあないって言うけどさあ」

青馬君は両手を腰に当て、宙を見上げて断固たる口調で宣言した。

「美味しいものを愛でられない神様になんぞ、僕ぁ、金輪際、なりたくない！」

次の瞬間、信用金庫の休憩室が稲光のほとばしる無限空間に暗転し、耳をつんざくような轟きが鳴り響いた。私は思わず頭を抱え、テーブルに突っ伏した。

「ごめん……」

私の頭に青馬君の小さな手が触れ、眉尻を下げた青馬君が私の顔を覗き込んでいた。

「完全無欠の看板を掲げているくせに、親父の奴、気が短くてさ」

底知れない闇の底から、再び小さな轟きが沸き上がってきた。

青馬君は拳を上げて叫んだ。

「いちいち、うるさいんだよ!」

轟きが大きくなり、闇の底がかっと広がりかけた。

「ちょ、ちょ、ちょっと」

私は身を伏せたまま青馬君を抱え込み、生意気な口を覆った。

「青馬君、やめて。やめてちょうだい!」

青馬君と一緒に突っ伏すと、ほっとしたことに、あたりはいつもと変わらない休憩室に戻った。

青馬君がじたばたしていた。突然の出来事に、青馬君を思いっ切り押さえ込んでいた。

押さえていた手を緩めながらも、私はなおも両手にしっかり青馬君を留め置きながら問い質した。

「あれは……、あれが……、ひょっとして、神様？」

青馬君は身を捩って、握り絞める私の指から小さなへらのような手を引き抜くと、つんと立てた鼻先をこすった。

「悪かったよぉ。驚かすつもりはなかったんだ。僕ぁ、いつものことで慣れてるんで」

青馬君は頬を膨らませてぼそぼそと弁解した。

「親父が相手だと、つい生意気な口を利いてしまうんだよぉ。だってぇ、僕が憚ることなく言いたいことが言える相手なんて、神様の親父しかいないだろ？」

すねると、もともとぽっちゃりと可愛らしい顔がいよいよ幼く見えた。

「青馬君って、駄々っ子みたい。見た目だけじゃあなく、気持ちも青いのかしら」

こんな息子が相手では神様も苦労が絶えないだろうと、笑えてきた。私は目尻を下げて青馬君を開放してやった。

青馬君は憮然とした面持ちで両肩をこりこり解きほぐしてから、空になった弁当箱を恨めしげに見やった。

「そう言うけどさ、神の子の身にもなってみてよ。親父は筋の通らない供え物は全然受け付けない。もちろん、それは正しい。当たり前だよ。だけど人間の願い事、頼み事ときたら、大概は身勝手で甘ったれたものだから、供え物が僕の口に入ることはほとんどない」

青馬君は両肩を大きく落とした。

「上に立つものが贅沢してちゃあ、世の中はうまく回ってゆきゃあしない。そんなことは、親父に言われなくても百も承知さ。だけど三六五日、四六時中、いつもいつも清廉潔白、完全無欠、質素倹約ってんじゃあ、誰だって疲れてしまう。神の子だって、ときにはちょっぴり羽を伸ばしたり、贅沢をしたりしてみたいって、思うじゃあないかぁ」

「それでも、神の子も神様なんでしょう？　だったら、分をわきまえないと駄目よ」

私は即座に青馬君を叱りつけ、その膨れ面を指で突っついた。

青馬君は小さなへらへらのような手で首筋をかいた。

「やっぱ、親父に良くできた人と言われるだけあって、夏美さんは堅いやあ……」

けれども、それで素直に己の非を認める青馬君ではなかった。

「だけどなあ、夏美さん。夏美さんって、いつもかなり無理をしていないかぁ？　あちこちに気遣いを欠かさず、仕事はてきぱき、いつも笑顔で腰を低くし、お年寄りにも若い人にも優しく丁寧で、なーんてぇ、まるで神みたいな出来映えだけどさ、夏美さんは人の子だ。それじゃあ、寂しくないかぁ」

青馬君は腕を組んで、私の顔を見上げた。

「私、そんなに優秀じゃあないわよ」

私は青馬君のたてがみをくしゃくしゃと撫でたが、青馬君は視線を逸らさなかった。

「僕は神の子だから、僕には何を言っても大丈夫なんだぞぉ。どんな悩みも、愚痴も、安心して打ち明けていいんだ」

寛容な申し出に、私は青馬君の前で両手の指先を揃えて頭を下げ、礼を述べた。

「ありがとうございます。味方がいてくれるのは、とても心強いです」

冗談めかした大仰な態度で応じたものの、無条件で受け入れてくれる誰かが目の前にいるというのは心底嬉しいことで、朝からずっと胸にくすぶっていた、藁にもすがる思いが、つい口を突いて出た。

「そうね、青馬君が本当に神の子なら……、女性は三十歳までに寿退職するっていう、七志信用金庫の不文律、どうにかしてもらえるとありがたいなあ……」

小さなぬいぐるみに何かを期待したわけではない。ただ、それが本音だった。そして青馬君は、再び小さなへらのような手で首筋をぽりぽりとかいた。

「そういうのって、人間が作り出した慣習だからなぁ……。神であっても、それをちゃっと変えるなんて無理だよぉ。変えたきゃあ、自分たちで行動しなけりゃあ」

あまりにあっさり拒絶され、思わず別の願いを口にした。

「寿退職できるように、素敵な男性と出会う、っていうのでもいいわよぉ。そういう邂逅の差配って、神様の領域でしょう？」

冗談の続きのような提案だったが、青馬君は体を前後に揺すって笑った。

「人との出会いはともかく、そこから先が難しいやぁ。だって、夏美さんに相応しい男なんて、そこらに転がっちゃあいないからな！」

意外な返答だった。

「そんなに高い理想は抱いていないけど」

私は慎ましやかに反論した。

「高卒の、特別何の取り柄もない娘よ。自分の分は心得ているわ」

ところが青馬君は、訳知り顔で首を左右に振った。

「僕には見て取れるぞ。だって、僕がこちら側に現れかけたとき、夏美さん、僕をしっかりしたイメージで捉えられなかっただろう？　本来、僕の実態は目に見えないものだけど、もし目に見える形を取るなら、夏美さんの理想を体現するはずなんだ。それなのに明確な像を結ばなかった。それは、そんな人が実在しないからさ」

最初の出会いを思い出しながら、私は首を傾げ、眉根を寄せて青馬君を指差した。

「この、ぬいぐるみのおウマというのは？」

「これは親父の勝手な主張。人にとって神の子は、せいぜいちっぽけなぬいぐるみ程度の役しか果たせないんだから、人の目にもそう映るのがちょうど良いってさ。だけど僕ぁ、もっとずっと立派な姿に見えてしかるべき存在なんだぞ」

小さな胸を大いに張って、青馬君は重々しい口調で続けた。

「ともかく、神であろうが、神の子であろうが、夏美さんに代わって人間の問題を解決するなんてできやあしない。それができるのは、夏美さんだけだ。そして夏美さんは、とてもよくやっている。ただ、夏美さんは神じゃあない。ときには、ひとりで頑張ってるんじゃあない、僕のようなものがついているんだって、思い出すことも必要だよ」

「何の助けにもならないのに？　それなら、一緒にいても意味がないでしょうに？」

私は憮然とならざるをえなかった。

「そんなことはない。無力でちっぽけなぬいぐるみにだってできることはたくさんある」

青馬君は自信満々に張った胸を、小さなへらのような手でぽんと叩いた。

「一緒にお年寄りを訪問できる。一緒に弁当を食べることができる。それに、僕にはいくらでも甘えても大丈夫だ。僕はいつだって夏美さんの味方で、夏美さんを心から応援する。そんなふうに安心して心を委ねられる人が、夏美さん、いるかい？」

「家族はいつでも応援してくれる……」

反論しかけて、言葉が尻すぼみになった。

裕福ではなかったものの、互いを労りあう暖かい家族に恵まれたと思う。それでも、両親には両親の、弟には弟の、それぞれの思いや生活がある。家族に自分の心をまったく遠慮なくさらけ出せているかと問われれば、躊躇せざるをえなかった。

「親父は神だから、僕は親父には遠慮会釈なく振る舞う。だけど夏美さんのお父さんやお母さんは人だから、そうもゆかないだろう？　だったら僕を頼りにしなよ。僕には何を言っても大丈夫だ。駄目なことは駄目って、はっきり言い返すしさ。僕にできるのは夏美さんの心に寄り添い続けることだけだけど、神の力とは本来そういうものだ。そしてそれだけだって、夏美さん次第ですごい力になるんだぞ」

そう言うと、青馬君は小さなへらのような両手を差し伸べた。促されるままに抱き上げると、青馬君は私の胸に柔らかな頬をすり寄せた。

内海さんが描いていた、あの、青と白がダイナミックに躍動する世界が見えた――、と思った瞬間、休憩室の扉がバンと大きな音を立てて開かれ、広重主査が飛び込んできた。

「仁科、お前が担当している相沢《あいざわ》農園の、中国に送り出した荷が全滅したぞ！」

＊＊＊

相沢農園のオーナー、相沢昭《あきら》さんの家は、先祖が開拓した山間地で代々米と麦の二毛作を営んできた。ところが政府の減反政策で、昭さんの代になって米が作れなくなった。天候に加え、中央政府の勝手な政策に振り回されることに嫌気が差し、一時は廃業も考えたそうだが、妻の奈美子《なみこ》さんの強い希望で果物栽培に舵を切り替えた。そして初夏のさくらんぼに始まり、桃、ぶどう、梨、さらにはりんごと続く、複数品種を扱うことで自然災害のリスクを減らし、なおかつ、春から秋まで継続して開ける観光農園に育て上げて、安定した収入に結びつけたいと願った。

夫妻は目先の生計を立てるために共に外で働きながら、果樹の育て方を学び、田を畑に作り変え、苗木を植えて手入れを続けた。それなりの実が成り始めるまでに十年かかった。そこで昭さんが仕事を辞めて農園の運営に専念し始めた矢先、二度のオイルショックに襲われ、日本全体が不景気のどん底に突き落とされた。生活必需品以外、すべてが贅沢品になり、高級な果物や観光農園に目を向ける者はいなかった。

それでも、不況の嵐が過ぎ去ればきっと勝機が見出せるに違いないと、果樹園を作るにあたり田畑を抵当に農協銀行から受けていた融資の返済に迫られたとき、夫妻は代々受け継いできた山林を抵当に、七志信用金庫から新たな借り入れを行った。

私が七志信用金庫に入った頃、相沢農園は収穫した果物を農協に卸すことで、なんとか二行への返済を滞らせないだけの収入は得ていた。けれど、農園を維持する費用を差し引けば相沢家に残るお金はゼロに近く、生活費は奈美子さんの稼ぎに頼るような状況だった。

この逼迫から抜け出すためになんとか観光農園を実現したいと模索していたとき、棚田再生プロジェクトの立ち上げを耳にした。そしてビジネスホテル田村の若旦那、鈴木公彦さんが、プロジェクトのイベントを手助けする一方で、その集客に力を借りてホテル経営を立て直そうとしていることを知ると、相沢夫妻もまた、イベント開催の支援と引き換えに、イベント参加者に観光農園を宣伝してもらいたいと頼み込んだのだった。

これが縁で、私は相沢農園と相沢夫妻に出会った。そして交流を続けるうちに、農協に卸すものと味は変わらなくても、形が少しいびつな規格外品や、ほんの小さな傷がある不良品のほとんどが、廃棄されていることを知った。

経営改善には、観光農園への移行と平行し、出荷できない果物の廃棄量を減らすことが急務だった。その頃はまだ七志信用金庫の正規の渉外係ではなかったものの、私はこの件を笹井酒造の酒粕利用に力添えしてもらった宮下亮二さんに相談した。亮二さんは果物は洋菓子に使いやすいと、快く協力を請け合ってくれた。

「じゃが、うちだけじゃあ使える量は限られとる。一番ええのは、日持ちするジャムやジェラートへの加工じゃろう。普通の市販品にはない特徴を加味したオリジナルレシピを考えてあげるけえ、そっちの加工と販売を考えてみんね」

亮二さんの親切な提案を相沢夫妻に伝えると、

「農協婦人部では、行事のときに農協の施設を使わせてもらい、地元食材をいろいろ調理して販売しています。そのために私は食品衛生責任者の資格も持っています。果樹栽培に関わっている仲間に声掛けし、同様の方法で商品作りができないか、やってみます」

と、奈美子さんが乗り気になった。

奈美子さんと果物農家の主婦たちは協力して、宮下さんのレシピを土台に、まずはジャム作りに挑戦し、様々な個性が際立つ美味しいジャムを完成させた。そして、地元の農産物販売所の他、宮下洋菓子店や、宮下洋菓子店が作る酒粕スィーツを取り扱う土産物店にも並べてもらい、そこそこの売り上げは達成した。ただ、農家の主婦の副業によるジャム作りだけでは、関係する農園の規格外品と不良品すべてを消化するのは到底無理だった。

そこで、七志信用金庫田村支店の正規渉外係として相沢農園を担当し始めたとき、私はジャム作りにはもっぱら不良品を使い、規格外品を別の方法で減らすことを提案した。宅配サービスが発達し、送料込みでも手頃な価格で規格外品を提供できる環境が整い始めていた。顔が見える生産者の、少し形は悪くとも安心安全で美味しい果物が手頃に買えるなら、購入希望者は少なからずいると考えたのだ。

もっとも当時は、今のようにネットが発達していなかったため、広告費をかけずに消費者を掘り起こすのは容易ではなかった。都会のラジオ局やテレビ局に興味深い話題として話を持ち込んだものの、取り上げてはもらえなかった。突破口となったのは、棚田再生プロジェクトのイベントで実際に田村市を訪れた人たちだった。イベントのたびにチラシを配ってこつこつ働きかけているうちに、口コミで購入者の輪が広がっていった。

相沢昭さんの方でも、経営改善の努力は怠らなかった。農園を観光用に開放する一方、丁寧に手をかけて栽培する区画を残し、そこで収穫できる最優良品を農協よりももっと高い価格で直接販売するルートを開拓していた。

そんななかで挑戦したのが、新興の中国富裕層向けの出荷だった。

「中国では売り上げを大きく伸ばしている販売業者との取り引きだったんじゃが、業者側は届いた品が傷んでいたから、支払いはできんと言うし、輸送会社は、ちゃんと船は冷蔵で運んだ、陸揚げした品を冷蔵設備がないトラックで運んだのは、自分たちの責任じゃあないと言い募る。それでもって、どっちも手数料や輸送費だけは請求しよる」

相沢農園の事務所として使用されている、農園入り口横のプレハブ小屋で、昭さんは薄くなりかけた頭を抱えてうめいた。

「一回の出荷分とはいえ、百万を越える取り引きじゃ。それなのに売り上げはゼロで、手数料や輸送費は払えとなりゃあ、観光農園のおかげでかろうじて息がつけるようになったばかりのうちじゃあ、とても背負い切れん」

私は地肌が透けて見える昭さんの頭頂部を見下ろしながら尋ねた。

「保険はかけていなかったんですか」

「新しい販売ルートを切り開くことばかりに目が行っとってなあ……」

昭さんは暗い目を上げ、弱々しく首を振った。

「業者を紹介してくれた日本のエージェントは？　そちらには知らせたのですか」

私は言葉がきつくならないよう心しながら、重ねて問うた。

「知らせたがな。じゃが、当方の責任は業者紹介までで、その先の取り引きは関係者双方の責任で進めてもらわなならんと、取り付く島もありゃあせん」

昭さんは私の心まで奈落に引きずり込む重い溜息をついた。

私はぐいと姿勢を正し、無理を押して明るい声を出した。

「生の果物が傷んだ状態で到着したんです。手数料や輸送費の支払いの前に、責任の所在を明確にすべきです。そのあたりのこと、どう対処したら良いか、うちの信用金庫がいつも相談に乗ってもらっている弁護士に尋ねてみましょう」

「はあ……」

昭さんは上目遣いに私の顔色を窺いながら、恐る恐る尋ねた。

「じゃが……、弁護士先生の手を借りたら、そっちの費用もかかるじゃろう？」

私は安心させるように、にこやかな笑顔を保って頷いた。

「まずは、信用金庫のご相談という範囲でお伺いしてみます。その上で、場合によったら弁護士費用が必要になるかもしれませんが、そのときは話を進める前にお知らせします」

昭さんはふうっと息を吐き、思いはまた元のところに戻った。

「今回の取り引きは、さくらんぼと早生桃の一番良いものじゃった。これからの桃は他の産地との競合で価格が下がるし、さくらんぼは今回きりじゃった」

昭さんは肩を落とし、目を伏せた。

「借入金の返済、少し待ってもらわんと、やってゆけん……」

うつむいた昭さんの透けて見える頭頂が、農園に次々と降りかかる危機に果敢に対処してきた年月を偲ばせた。海外進出という思い切った策に打って出たのも、返済から少しでも早く解放されたいという焦りがあったからに違いない。

「返済を遅らせれば、それだけまた経営が辛くなりましょう」

私は言いづらい現実を指摘した。

「何か他に知恵を絞れないでしょうか」

昭さんはうつむいたまま両手を拱いた。

「知恵と言われても……、うちの土地家屋はすべて、お宅と農銀さんに押さえられとるけえ。カードローンなどに頼りゃあ、ますますドツボにはまるだけじゃしの」

昭さんは口を歪めて自嘲した。

私は、書類鞄の片隅から出てくることもなく、しおらしい顔で成り行きを見守っていた青馬君の頭を撫でた。小さなぬいぐるみにはどうしようもない事態だと、告げられるまでもなかった。それでも白いたてがみの、指に優しい感触は、波立っていた心を静め、奈落に沈みかける気持ちを引き上げてくれた。

物事が予定通り進むなら、忍耐力さえあれば事足りる。問題が生じ、困難が立ちはだかり、すべての出口が閉ざされたとき、開いている窓を探し、新たな突破口を提案できてこその相談役であり、知恵の出しどころに違いない。

私は自分の心に鞭を振るった。

人間の問題は人間にしか解決できない、と青馬君は言う。言い換えるなら、どんなに難しい状況であれ、人間の問題には人間の手で導き出せるなんらかの解決策があるはずだ。

私の様子を上目遣いに見守っていた青馬君が、黒々とした目を輝かせてにやりと笑った。

そびえ立つ困難を迂回する小さな脇道が見えてきた。

「相沢農園から規格外品を直接買ってくださっている顧客数はどれくらいですか」

昭さんが顔を上げ、私を見返した。

「宅配サービスを使って取り引きされているお客さんがいますよね。五十人くらいはいらっしゃいますか」

重ねて問うと、昭さんが額をかきながら首を傾げた。

「そうさなあ……。年間での取り引き件数はもっとあるが、繰り返し何度も注文してくれる人もおるし……、間を置いての人もおるし……」

「名前と住所がわかっている顧客数はどれくらいですか」

具体的な計画を練るにはもっと厳密な数が必要だった。

「名簿上での顧客数はもっと多い——、百は越えとる……。数えたことはないが、二百以上あるかもしれん……」

私の勢いに押されて昭さんは数を口にしたが、言葉尻が怪しくなった。まずは顧客管理から取りかからなければならないと心に記してから、進むべき道を提案した。

「相沢農園の将来を考えれば、借入金の返済を遅らせてはいけません。どうでしょう？　住所がわかる方々全員に相沢農園の窮状を理解してもらう手紙を出し、支援をお願いしてみませんか。もともと、観光農園のお客も農園の個人取り引きも、棚田再生プロジェクト繋がりで増えたもので、お客さんは農業に強い関心を抱いていらっしゃるし、相沢農園が取り組んできた有機肥料と低農薬の栽培方法もよくご存じです。相沢農園の存続がかかっていると訴えれば、協力してくださる方々も少なからずいらっしゃいますよ」

私の言葉は昭さんの脳内になかなか浸透しなかった。私は言葉を変えて、説明を繰り返した。

ようやく私の計画を飲み込んだ昭さんは、眉をひそめて首を振った。

「いくら取り引きがあっても、ほとんど見も知らぬ人たちじゃよ。そんな人たちに、物乞いのように寄付を願うなんて、無理じゃよ。頼んでも、誰も応じてはくれんじゃろう」

昭さんは悲観的だったが、私は粘り強くすがりついた。

「無償で寄付を募るのは難しいかもしれません。でも、観光農園の利用サービス券とか、規格外品購入の割引券とか、相沢農園ジャムの詰め合わせなど、御礼の品を用意して、協力してもらいやすい工夫を凝らすんですよ」

私が考えていたのは、のちにクラウドファンディングと呼ばれるようになるシステムに似ていた。ネットが普及する以前のことだったので働きかけられる範囲は限られていたが、相沢農園の顧客リストは応じてもらえる確率が高い有望なものだと思った。少なくとも、返済の先送りよりははるかに有効な試みだった。

　昭さんは顎をかいた。

「じゃけんど、結局あとあとの売り上げが下がることにならんかね」

「借金と同じで、どこかで帳尻を合わせなければなりません。ですが時間稼ぎはできますし、観光農園の再訪や規格外品の再注文、ジャムの新規購入が促されて、売り上げ全体が伸びるなら、問題にならないかもしれません」

　書類鞄の隅で青馬君が大きく頷き、るんるんと体を揺すった。

　それに呼応するかのように、昭さんが愁眉を開いた。

「時間を無駄にできません。まずは顧客名簿がどうなっているかを確認し、どういう文章で、どれくらいの額の振り込みをお願いするか、具体的な文面を考えましょう」

　私たちは支援金額と御礼の品、振り込み期限について相談し、依頼文を作成し、翌日、手分けして手紙を発送する手順を整えた。

「販売業者と輸送会社の件はできるだけ早くうちの弁護士に相談し、結果をご連絡します。それまでそちらは放っておいて、皆さんに依頼文を発送することに専念してください」

最後にそう指示し、鞄の隅から見守っていた青馬君の表情を確かめてから立ち上がった。

昭さんは事務所の外まで一緒について来て、農園から自転車で走り去る私たちに深々と頭を下げた。その姿が、底の浅い梅雨の青空を背にしながらも、無性に清々しかった。

＊　＊　＊

「なかなかやるじゃあないか」

農園が遠ざかるなか、青馬君が褒めたてた。

「なすべきことをやっただけ」

賛辞を軽く受け流し、午後の厳しい日差しに負けじと力一杯自転車を漕いだ。

「それでも偉いぞ。すぐに運が悪いだの何だのと、世の中、神の責任にして諦めてしまう奴が大半だものな」

青馬君が両手で拍手してくれたが、ぬいぐるみの柔らかな手では音が立たなかった。おまけに、神の子はただ賞めただけではすまさなかった。

「そういうふうに、自分の退職の件もうまく切り抜けられないものかなあ」

梅雨のじとじとした鬱陶しさに午後の日差しが加わり、玉の汗が背や額を伝い落ちた。

神の子は何をしてるんだ！　と、文句のひとつもつけたくなるのをぐっと堪え、

「自分のことって、案外見えないものよ」

と、額の汗を手の甲で拭いながら先を急いだ。

本当に、自分のこととなると、なかなか見えないものだった。

「ちょっと休んだ方が良いよ」

青馬君に注意さたときには、額から次々と流れ落ちる汗で視界が霞んでいた。

私は木陰で自転車を止め、ハンカチを取り出して汗を拭ったが、汗は一向に収まらない。

「どこかで水分補給をしなきゃ。相沢農園じゃあ、お茶の一杯も出なかったもんな」

青馬君がぼやいた。

「途中、伝言を残すために家に立ち寄るから、そこで冷茶を飲みましょう。今日はもともと、午後一番で、笹井酒造の相談を受けることになっていたの。出がけに遅くなると知らせておいたけど、時間が押しているから先を急がないと」

私は再び自転車を漕ぎ出した。

「あんなに細かなところまで、一緒に考えてあげたりするからだ」

お茶のもてなしがなかった恨みか、青馬君は厳しかった。

「経営の手伝いをしていると、かつての自分を思い出すのよ」

息が切れそうだったにもかかわらず、釈明せずにはいられなかった。

「父の仕事がなくなったときは、私だって神様を恨んだわ。家族のためにずっと一生懸命働いてきた父を、どうして神様は助けてくれないのかって、ね。そういうのは神様の責任じゃあないって、青馬君は言うんでしょう？　でもそのせいで、私は進学を諦めなきゃあならなかった。それを後悔してはいないけど、大学への憧れは残った……。私は誰にもそんな、ままならない虚しさを囲ってもらいたくないの。神様を恨んだりしてもらいたくないのよ。そのために私にできることがあるなら、私は何だって、喜んでやるわ！」

すっかり息が上がり、私はもう一度自転車を止めて汗を拭った。

私の様子を青馬君は黙って見守っていたが、やがてぽつんと感想を口にした。

「夏美さん、退職のことで悩んでいるけど、信用金庫という働き口がなくなるのを心配しているわけじゃあないんだ。退職したら、七志信用金庫の肩書きでやってきた人助けができなくなるってことが、嫌なんだな」

私はハンカチで汗を拭う手を止めて、青馬君の顔を見た。

同情の色を濃くした丸い黒目で、青馬君はそれまでずっと私の心の底にわだかまっていたものの正体を捉えていた。

そう、青馬君の言うとおりだった。

私は信用金庫という堅い就職先に固執しているわけではない。そろそろ結婚をと望む両親の気持ちも省みず、七志信用金庫の長年にわたる不文律にもそ知らぬ顔を通してきたのは、自分の小さな支援が人々に笑顔をもたらし、人々を結びつけて次々と新しい可能性を開き、夢を実現してゆくことが、嬉しくて、楽しくて、面白くて、たまらなかったからだ。

それなのに、女性というだけで、三十歳になったというだけで、その大切な喜びを取り上げられようとしている――、それが悔しくて、切なくて、寂しかった。

そのことがはっきりしたからと言ってどうなるわけでもなかったが、私の心には青馬君の肌のように青く明るい、澄んだ晴れやかさが広がった。

「私にとって何が大事かなんて、誰も気にかけないのよね」

憤りを口にしたが、その声は自分でも不思議なほど清々しかった。

私はハンカチをポケットに収めて、ハンドルを握り直した。

「僕は気にかける」

青馬君が言い切った。

「それに、今まで夏美さんにあれこれ助けてもらってきた人たちだって、夏美さんがいなくなれば困るに違いない。信用金庫を離れても、そういう人たちを支援し続けてゆく方法はないのかい」

青馬君の質問に、私は首を振った。

「田村市は地方の田舎町。未だに封建的な男社会よ。肩書も何もない女性に仕事の相談を持ちかける者なんて、いないわ」

否定的な先行きしか見通せなかったものの、ひと息ついたおかげで、笹井酒造に向かう道筋から少し外れた古びた一軒家まで、自転車を走らせることができた。

我が家は家賃相応に年期の入った、軒先の低い日本家屋だった。それでも玄関横には夏のあいだトマトやサラダ菜などが育つ小さな菜園があったし、真鍮の棒鍵を挿し回して玄関扉を引き開ければ、小さな上がり框の奥にきちんと掃除の行き届いた廊下が伸びていた。

一番手前の部屋は客間、階段を挟んでその先が台所で、奥で居間に通じている。

青馬君は興味深そうに目をきょろきょろさせた。

私は帽子を脱ぎ、鞄から青馬君を出してやりながら台所に向かった。

家の裏にあたる、流し台の上の小窓が開けられたままだったので、台所は少しひんやりしていた。私は食器棚からグラスを二個、配膳台に取り出し、冷蔵庫に入れられていた麦茶を注いだ。そして一杯を青馬君に手渡し、もう一杯を配膳台の前に立ったままごくごくと飲み下した。

冷たい麦茶が一斉に汗となって噴き出した。

青馬君は口をつける前に、麦茶で冷えたグラスに頬をすり寄せた。

「この冷たさはありがたいなあ」

「炎天下だったものね」

私はもう一杯麦茶を飲み干してから、両親に帰りが遅くなる旨の伝言を記した。それから台所を離れ、階段下に置かれた電話を使って支店長に連絡を入れた。

最初の呼び出し音で応答があった。

「仁科です。相沢農園で少し手間取ってしまいました」

田加賀支店長に手短に状況を説明し、懸案事項について弁護士に問い合わせてもらうよう頼んだ。

「午後はもともと笹井酒造に立ち寄ることになっていましたので、これからそちらに回って戻りたいと思います。お手数ですが、お願いできないでしょうか」

田加賀支店長は気易く承諾してくれたが、

「笹井酒造の方はどうなんだね。時間を食いそうかね」

と、私の帰りを気にかけた。

「就業時間内に戻れるようにします」

出そうになる溜息を抑え、短く答えた。

嫌な汗を拭って台所に戻ると、麦茶でひと息ついた青馬君が愛想の良い笑顔で進言した。

「外はまだ暑いぞぉ。冷たい麦茶だけじゃなく、栄養補給も必要じゃあないかぁ？」

「時間がないの」

私は帽子を被り直し、食いしん坊の神の子を急き立てた。

「夏美さんみたいに突っ走ってばかりだと、ぶっ倒れてしまうぞぉ」

私はさっさと家を出、不満顔の青馬君を自転車籠の定位置に座らせてから、両手を腰に当てて叱りつけた。

「神の子なら、もう少し世の中のことをわかってなさい。ここじゃあ、女は男以上に働かないと駄目なの。男と同じ仕事しかできないなら、女を雇う必要はない。男女雇用機会均等法というものができたそうだけど、大都会でならいざしらず、こんな片田舎じゃあ、そんなものは通用しないのよ」

「法律が通用しないなんて、おかしいだろう！」

青馬君は自転車籠の縁に両手を掛けて身を乗りだし、私の叱咤に刃向かった。

「変えようって、考えないのか！」

「神の子には変えられるの？　神の子にだってできないことが、私のような、何の資格も後ろ盾もない女に、できると思っているの？」

私はきっと睨み返したけれど、青馬君の生意気口は減らなかった。

「神は人間が為すことに手出しできない。それができるのは人間だけだ。資格が必要なら、取ればいいいじゃないか。後ろ盾だって、仲間だって、作りゃあいい！」

私は青馬君の頭をぎゅっと押さえて黙らせた。

私だって、暑い中、もう少しゆっくりしていたかった。今の状況を打開するために、もっと前向きに闘っていけたらとも思った。けれども現実は、そうそう願い通りにはゆかないものだった。

ぷんぷんしながらたてがみを梳き直す青馬君をよそに、私はハンドルを取って自転車を出した。

　青馬君はしばらく後ろ目で私の様子を窺っていたが、自転車のスピードが上がってくると、気を取り直して呼びかけた。

「ねえ、夏美さん。大変かもしれないけどさあ、やってみなよ！　夏美さんは知恵者だ。夏美さんなら、きっとうまくやれる！　何か、良い方法が見つかるよ！」

　低い夏空を押し上げるように、青馬君の明るい声が響き渡った。

「大丈夫！　僕が請け合うよ！」

　小さなぬいぐるみ程度の役しか果たせないと豪語する神の子に請け合われても、どうなるものでもない。苦笑せざるをえなかった。

　それでいて、自信あふれる青馬君の声援に、ペダルを漕ぐ足には自然と力がこもった。

＊＊＊

　笹井酒造に向かう道では、田植えからひと月経ち、一面緑の絨毯となった棚田が望めた。

　その年のお田植え祭には、それまでにまして多くの人が集まった。

「お陰様で、今年は棚田が九割方復活しよります。梅雨の長雨や台風などに見舞われず、例年並みの酒米が収穫できりゃあ、この冬は長く休ませとった酒樽もすべて使って仕込みする予定でおります」

水が張られ、代掻きが終わって生き返った棚田を前に、笹井浩介さんは頬を上気させ、秋の収穫を、そして冬の仕込みを展望していた。

笹井酒造に私が関わりだしてから十年を越える月日が流れていた。

七志信用金庫田村支店の先導で始まった森林保全活動も、過疎と高齢化によって耕作放棄が続いていた棚田の再生も軌道に乗り、笹井酒造が長年守ってきた製法での酒造りを続けてゆける確かな道筋が整った。しかもこれをきっかけに、棚田地区を中心とした体験型観光事業が次々と起こり、田村市を活気付かせつつあった。

当初、酒粕の消費拡大を目的として始めた宮下洋菓子店とのコラボも、品数を増やしながら好調を維持し、酒粕消費を促す一方で宮下洋菓子店の経営立て直しに貢献した。さらに、この成功に刺激された鈴木公彦さんが考案した酒粕料理や酒粕エステは、棚田再生プロジェクトとの相互扶助で新しい客層を掘り起こし、酒粕のさらなる消費と、ビジネスホテル田村の経営改善をもたらしただけではない。リゾートホテル田村という、自然と共存

する新しいタイプのホテル建設を実現し、田村市はその歴史に新たな輝かしい一ページを加えようとしていた。

「この棚田を舞台に、田村市は今、大きく変化しかけている」

日差しをたっぷり受けて緑がまぶしい棚田を、私は誇らしげに見渡した。

「多くの関係者の努力と献身があったからこそ、ここまでやってこられたとはいえ、私はこの変化の最初からずっと関わり続けてきたのよ」

休憩を取ったおかげで上り坂を勢いよく漕ぎ進んできたが、ここに至って再び息が切れ始め、少しスピードを緩めた。

「でも、この先はどうなるのでしょうね。笹井酒造にもどこまで関わってゆけるやら」

溜息が漏れた。

「笹井酒造は今でも問題を抱えているのかい」

青馬君が振り返った。

「酒の仕込み量が最盛期のレベルに戻せそうなのは明るいニュース。だけど、日本酒の国内需要は右肩下がり。国内には他の地域にも良いお酒が多いから、販売価格競争も激しいしね」

生産量が増やせても、笹井酒造には解決しない問題が依然、山積みだった。

「それでも、最近の浩介さんは随分と積極的よ。新規の販売先を探すために、自らあちらこちらの市に出向いて宣伝したりしてね。海外の日本料理店では日本酒が高級ワインのように扱われるそうで、海外への売り込みにも野心を燃やしている。笹井夫妻は棚田再生プロジェクトを通じて相沢夫妻とも付き合いがあるから、相沢農園が中国富裕層向けに果物を売り出したことも承知でしょうし」

「相沢農園が初っ端から転けてしまったって聞いたら、がっかりするだろうなあ」

青馬君は私の心を読んだように、バラ色の夢に水を差した。けれどもそう言われると、負けん気が強まった。

「相沢農園の失敗を学習の機会にすればいいのよ」

再び力をこめてペダルを踏み下ろしながら、私は物事の明るい面を探した。

「果物と日本酒では消費筋も違うし。経験の豊かな取り引き先を選び、その実績を私たち自身の目でしっかり確認してゆけば、同じ失敗は繰り返さないでしょう。それに万一に備え、保険もかけて」

当時の田村市役所地域産業振興課には国際取り引きを支援できる体制はなかった。青馬君に強気の発言をしたものの、実際には一つひとつ自分たちで手段を探し、人脈や体制を築き上げるところから始めなければならない大きな課題だった。道のりは遠く、どこまでそれに関わってゆけるかを考えれば、歯がゆさと寂しさが募った。

青馬君は私の言葉に逆らいもせず、顔を前に向けたまま鼻先で風を受けていた。その悠然とした様に、私は心の底まで見透かされているような気がした。

残りの上り坂を、私は黙って漕ぎ上った。

笹井酒造の敷地には酒蔵を含む幾つかの建物があり、敷地入り口近くの右手に立つ、大正時代に建てられた木造建築の一階表が小売り店舗兼事務所、一階奥と二階が母屋として使われていた。私は小売り店舗の暖簾の前で自転車を降りたが、突然、内から聞こえてきた若い怒鳴り声に、ハンドルを握ったままその場に釘付けになった。

「こんな酒蔵、潰れてりゃあ良かったんだ！　あの仁科って、くそおばんがいなけりゃあ、あいつが余計な手助けなんかしてなけりゃあ、とっくに廃業になって、清々してたのに！」

「何を言いよるんか！」

浩介さんの怒り声が遮った。

「勝手なことばかり言いよって。お前が安穏と高校に行けとるんは、この酒蔵があるおかげじゃろうが。ご先祖様から受け継いだこの酒蔵を潰さんでおこうと、わしらがどれだけ苦労してきたか。仁科さんにはどれだけ世話になってきたか。感謝してもしきれんちゅうのに――」

激しい足音に、

「浩太郎！　待ちんさい！」

という奥さん、由利恵《ゆりえ》さんの叫び声が被さるなか、暖簾をかき分けて飛び出してきた浩太郎さんが、店舗前で棒立ちになっていた私の自転車にまともにぶつかった。

その瞬間、青白い閃光とともに私を両腕にすくい上げ、数歩後ろへと退かせた者がいた。

浩太郎さんと一緒に自転車は大きな音を立てて地面に横倒しになったが、私はかすり傷ひとつ負わなかった。

「まーったく！　急に飛び出してくる奴がいるか！」

自転車籠の中にいたはずの青馬君が、私の腕の中から浩太郎さんを叱りつけた。

「え？　あれ……？　今のは……、青馬君？　青馬君が助けてくれたの？」

いざとなればやはり私を守ってくれるのかと、小さなぬいぐるみに驚きの目を向けたが、青馬君は私の問いを無視して浩太郎さんを指差した。

「あいつ、手を貸してやらないと起き上がれないんじゃあないか」

背丈だけは大人と同じほど伸びていても、骨格にまだ子供っぽい線の細さが残る浩太郎さんが、自転車の前輪に覆い被さるように大の字に倒れ伏し、呆然としていた。

「大丈夫ですか」

青馬君を左手に抱きかかえ、浩太郎さんの方に屈み込みこんで声をかけたとき、慌てた様子の由利恵さんが、ついで浩介さんが、外へと飛び出してきた。

「浩太郎！」

由利恵さんは浩太郎さんにしがみついたが、浩太郎さんはその手を払って体を回し、自転車の横に尻餅をついたような格好で半座りになった。そして、どうしてこんなところに自転車があるのだといぶかしむような目で、私の自転車を振り返った。

「仁科さん……、お怪我は？」

浩介さんは息子から私に目を転じた。

「私は大丈夫です。浩太郎さんの方が……、手から血が出ていますよ」

私に指摘され、浩太郎さんは初めて自分の手に目をやり、怪我に気付いた様子だった。

「大したことない」

浩太郎さんは呟き、両手を突いて立ち上がったが、体の動きがひどくぎこちなかった。

「生意気ばかり言うとるから、罰が当たったんだ。中に入って、母さんに手当してもらえ」

浩介さんは突っ慳貪に命じた。

あちこちがひどく痛み出していたに違いない。浩太郎さんは憮然としながらも、母親の由利恵さんに引っ張られるまま暖簾の奥に戻っていった。

「息子がとんだ失礼をして、申し訳ありません」

浩介さんは私に頭を下げ、自転車を引き起こして状態を調べた。

「籠が歪んでしもうたな」

「古い自転車ですし、籠の歪みくらいすぐに直せます」

私は軽く手を振って、気にしないようにと身振りで示した。

「今日は約束よりも遅くなってしまいました。お宅も取り込んでいらっしゃるようですから、仕事の話は日を改めましょうか」

伺いを立てると、浩介さんは首筋をかきながら、

「いや、まあ、そう言わんと、せめて茶の一杯でも飲んでいってください」

と、中へ誘った。

店内に入ると、右手のガラスケースに収められた宮下洋菓子店の彩り豊かな酒粕スイーツや、ケースの上に並ぶ白い酒粕が、ぱっと目を惹く。左側は広々とした空間を自由に歩き回れるよう互いに距離を置いた酒樽に、リゾートホテル田村が手がける酒粕化粧水やパック、入浴剤がお洒落に配されている。そして酒樽の背後、左奥の壁全面を覆う棚には、笹井酒造の酒瓶が整然と並び、その偉容を印象付ける。

この内装は、観光客の増加に伴って浩介さんと私が知恵を絞り、望月夫妻の手を借りて、最小予算で最大効果を狙って改修したものだった。

きょろきょろとあたりを見回す青馬君を左手で抱きかかえ、自転車籠から取り出した書類鞄を右手に下げて浩介さんに従い、店の奥、母屋の玄関間も兼ねた、風通しの良い事務室でソファに腰を下ろし、帽子を脱いだ。

「聞こえとりましたでしょ。大きな声じゃったけえ」

冷蔵庫から取り出したポットから冷茶をコップに注ぎながら、浩介さんは溜息をついた。

「気ぃ、悪うせんといてください。単なる八つ当たりですけえ」

浩介さんは冷茶と宮下洋菓子店の酒粕クッキーを私に差し出し、自分の冷茶を手にして近くの椅子に腰を下ろすと、改めて頭を下げた。

「本当にすまんことです。お恥ずかしい限りです」

それからおもむろに切り出したのは酒蔵経営のことではなく、息子の困った近況だった。

「中学までは真面目に勉強しておって、県立の進学校にも難なく受かったんですよ。それがどうしたんか、高校に入ってからは成績が次第に下がりだして。二年生になってからは、時々、学校を勝手に休んだりし始めて。今日も欠席したそうで、学校から連絡が入っとったもんで、戻ってきたとき問い質したら、酒蔵を継ぐのに何で勉強せにゃあならんのかと、生意気を言いよる。酒蔵の経営は、目の前のやらんとならん勉強もできん者《もん》が扱えるような、そんな簡単なもんじゃあない。じゃのに、そんな道理に耳を貸そうともせず、勝手なことばかり言いよるんです」

「おいおい、夏美さんはお悩み相談員じゃあないぞ」

呆れる青馬君の口に、私は出された酒粕クッキーをこっそり押し込めた。

確かに男性行員相手なら、こういう場合でも決して打ち明けられることのない内情だったかもしれない。けれども、だからこそなおさら、またとない機会と、私はいつもこうした話に親身に耳を傾けてきた。個人事業では、家庭状況は経営を大きく左右した。

「酒蔵を継ぐにも、いろいろな勉強が必要ですよね」

私が理解を示すと、浩介さんの舌はさらに滑らかになった。

「酒蔵を継ぎたくない、の一点張りなんですけえ。ひとりきりの跡取り息子が、です。こっちは息子のために、なんとか酒蔵を残してやらにゃあと、長年受け継いできた製法を守り続けてゆかにゃあと、必死になっとるというのに！」

浩介さんは握り絞めた拳を何度も膝に打ち下ろした。

「何か他にやりたいことがおありなんでしょうか」

「そんなんじゃあないんで。ただ、酒蔵と関わるのが嫌なだけで」

私は首を捻り、ひと息入れるために冷茶をすすった。

浩介さんもふうっと息を吐き、私に倣った。

「別に酒蔵が嫌いなんじゃない。酒蔵に繋がれているのが息苦しいだけじゃあないのか」

へらへらのような手で口元をこすってにこにこ顔の青馬君が、私の膝の中から進言した。

「僕だって、神の子でいることにうんざりしては、しょっちゅう親父と喧嘩しているぞ」

思わぬ意見で私の注意を引くと、青馬君は両手をすりあわせた。浩介さんがうつむき加減に考え込んでいるのを目の端で確かめ、私はもう一枚、酒粕クッキーを手渡してやった。

「ひょっとして、浩太郎さん、自分が酒蔵を継がなければならないと決めつけられていることに反発していらっしゃるのかも？」

「ひとり息子ですよ。家業を継ぐのは当たり前でしょうが」

浩介さんはぎゅっと眉根を寄せ、即座に言い返した。その断定的な即答に、私は大きな抵抗を覚えた。

おまえは女なんじゃけえ――。

両親は弟と私を区別しないよう努めてくれていたが、田村市のような地方の小都市では万事に、女はこうあるべき、こう振る舞うべきという、周囲からの圧力が浸透していて、嫌な思いをさせられることは後を絶たなかった。

「家業とおっしゃっても……、私が笹井さんに最初にお会いしたときには、お父様から酒蔵を引き継ぎはしたものの、息子のためにも、もう閉めた方が良いと思うと、笹井さん自身がおっしゃってましたよ。あれは、笹井さんにとって、酒蔵よりも息子さんの方が大事だったからでしょう？　それなら頭ごなしに酒蔵を継げと言うのではなく、そっちはどうとでもするから、取り敢えず一生懸命勉強して、自分が頑張れる道を探し出すようにと、促してあげた方が良くはないですか」

浩介さんははっと目を見張り、私の顔をじっと見つめ返した。それからゆっくり目を伏せて思いを巡らせた。

青馬君は二枚の酒粕クッキーに満足したように、私の膝の中で寛いでいた。私は青馬君の口の周りについているクッキー屑をそれとなくはたき落とした。

浩介さんがもう一度冷茶を口にし、改めて私に面したとき、その表情は緩んでいた。

「仁科さんにはいつも、思いもよらんものの見方や考え方を教えられます。そうじゃったのお。経営がうまくゆかんかったときは、酒蔵よりも家族を優先しとりました……。酒蔵がなんとか盛り返してきたら、ついつい欲が出てきてしもうて……、見えるもんも見えんようになっとったようです。もう一度、息子と話しおうてみましょう」

「浩介さんはまだ当分は当主を務められますよ」

私は明るい声で浩介さんの背中をもうひと押しした。

「そのうちに浩太郎さんの気持ちが変わるかもしれませんし、浩太郎さんがまったく別の道に進まれても、笹井酒造を株式会社化して経営を他に任せ、株主として残るという手もあります。お孫さんたちの中から、酒蔵経営に興味を持たれる方が出てくるかもしれない。先のことは先になって考えるとして、今は、浩太郎さんの気持ちを一番に、浩太郎さんを守ることに専念したら、きっと良い道が開けてゆきますよ」

浩介さんが笑顔で頷くのを確認し、私は帽子を被り直した。そして再び青馬君を左手に抱き、鞄を右手に持ってソファから立ち上がった。

「浩太郎さんとは少しでも早く話をされて、これ以上事をこじらさないほうがよろしいでしょう。酒蔵経営の話は、来週改めてお伺いします」

＊＊＊

下り坂に乗じて猛スピードで七志信用金庫田村支店に引き返した。下ろされたシャッターの内側では、業務点検と残務整理に忙しかった。私は田加賀支店長のもとに馳せ参じ、笹井酒造は急な来客で取り込み中だったため、来週改めて訪問することにしたと告げ、相沢農園の件を尋ねた。

「今回の責任がどう問えるかは、販売業者と輸送会社、双方との契約書に目を通さないと判断できないそうだ。書類を見ての助言だけなら顧問料も高くはないし、身元もしっかりした、うちの弁護士さんだから、一度相談するようにと、相沢さんに伝えておいたよ」

相沢農園への連絡までしてもらえていたことに少し驚いたが、おかげでその日のうちに私が片付けなければならない仕事がひとつ減った。

「今回の損失分を補填するのに、良い方法を考え出してくれたね。相沢さんが嬉しそうだった。あそこには今以上の貸付は難しい。それを上手に切り抜けてくれるとは、さすがにやり手のなっちゃんだ」

普段から賞め上手な田加賀支店長だったが、この日はとりわけ機嫌が良いようだった。

私は一礼し、自分の机に着いて、その日の業務報告書の作成に取りかかった。

冷房の効いた室内に収まって心地良くなったのだろう。青馬君は書類立てにもたれかかってうとうとしていた。

どうやら神の子は人の子ほど仕事熱心ではないらしい。

青馬君の無邪気な寝顔に苦笑しながらも、その姿が目の端にあると、面倒な書類仕事も不思議とスムーズに片付き、他の行員に遅れることなく一日の作業を終了できた。

そこに、田加賀支店長が明るすぎる笑顔で近づいてきた。

「なっちゃん、今朝頼んでおいたように、このあとちょっといいかな？」

極力難しい顔にならないよう心しながら頷いた。

最後の行員が立ち去ると、田加賀支店長は警備会社に連絡を入れ、私を手招きして通用口に向かった。

「帰りは家まで送らせるから、私の車で行こう」

「あの、お話なら、ここでも……？」

退職がらみの話なら、信用金庫内でさっさと片付けてもらいたかった。

「紹介したい者がいるんだ。夕食でも一緒にと考えていたんだが、今日はなっちゃんの誕生日だからおうちの方々も待っていらっしゃるだろう。今夜は取り敢えず、うちにお茶を用意させておいたから」

田加賀支店長の口調は浮き浮きしていた。

「支店長のご自宅……、ですか？」

私は思わず聞き返した。だが呟きに近かったせいか、田加賀支店長は返事をすることなく通用口の扉を開け、軽い足取りで外に出た。

私は困惑顔であとを追った。そんな私の様子も、田加賀支店長を面白がらせている感じがした。支店長は鼻歌交じりで戸締まりを確認し、自分の車に向かった。

駐車場の上空、夏至の太陽に未だ沈む気配はなかった。

「外はまだ蒸し暑いなあ」

鞄の隅でぼやく青馬君の頭を左手で撫で、助手席の扉を開けた。そして、一旦鞄を足元に置いてシートに腰を下ろしてから、青馬君を膝の上に座らせ、シートベルトを引いた。

「おや、それは何だね」

エンジンをかけながら、田加賀支店長は私の膝に目を向けた。どうやら今日初めて青馬君に気付いたようだった。

「今日は誕生日ということで、頂きまして」

誰から、とは言わなかった。

「へえ、そう？　ぬいぐるみだなんて、なっちゃんもやっぱり女の子だねえ」

田加賀支店長は笑顔でひとり納得して、車を出した。

「ふん、女子も男子も関係あるかい！」

青馬君が大声で詰っても、上機嫌の田加賀支店長の耳には届かなかった。

私は青馬君を両手に抱えた。手のひらに収まるお尻の安定感や、指に触れる肌の柔らかさが、ざわつく心を静めてくれた。

田加賀支店長の家は、私の家とは職場を挟んで反対方向に車で十分ほど走った、裕福そうな一画に立つ洋風の一軒家だった。広々とした駐車場には車がすでに二台駐まっていた。

支店長がバックで駐車し終えると同時に、玄関の扉が開いて人影が現れた。

「おかえりなさい。いらっしゃい」

玄関灯の下に出てきたのは、中肉中背、黒っぽい眼鏡が真面目で誠実そうな、田加賀支店長をそのままそっくり若くしたような男性だった。

「やあ、秀《ひで》君のほうが早かったか」

田加賀支店長が車から降りながら声をかけた。

「今、着いたところです。待たすと悪いと思って頑張って急いで来たんですが、お父さんたちもいつもより早かったんじゃあないですか」

「うん、どうも落ち着かなくてな。さっさと切り上げてきた」

私は青馬君を抱きしめて車を降り、右手を伸ばして書類鞄を取り上げた。

支店長が私を手招きした。

「なっちゃん、うちの長男の秀夫《ひでお》です。前から紹介して欲しいと頼まれていたんだが、秀君もそれなりに忙しくてね。今日はたまたま仕事でこっちに来るというので、なっちゃんの誕生日なのに無理を言った」

「田加賀秀夫です」

田加賀支店長の若作りバージョンが直立不動の姿勢で頭を下げた。

「まあ、まあ、男の人たちときたら！　まずは家に上がってもらってからですよ」

家の中から品の良い女性の声が叱った。

田加賀支店長の息子が首をすくめ、玄関に通じる道を開けた。

玄関の広い上がり口で、ふっくらした顔立ちの女性が微笑んでいた。

「よくいらしゃいました。田加賀の家内の和子《かずこ》です。さあ、どうぞ上がってください」

青馬君を胸にしっかり抱えこんだまま靴を脱ぎ、田加賀夫人に従って玄関向かいの洋間に入った。冷房がよく効いた部屋の中央には毛足の長い絨毯が敷かれ、本革製のどっしりした安楽椅子二客と長椅子が、ガラスのローテーブルを挟んで並んでいた。手前の安楽椅子を勧められたので、その足元に書類鞄を下ろして帽子を脱ぎ、帽子を書類鞄と椅子の間に挟んでから、椅子の前半分に腰を掛け、青馬君を膝に落ち着けた。

あとから入ってきた田加賀支店長と息子が長椅子に並んで座るのと入れ違いに、夫人は奥に行き、茶器を載せた大きな木製のトレイを持って戻ってきた。そして、あらかじめローテーブルの横に用意してあった置き台にトレイを下ろし、そばのスツールに腰掛けて、改めて私に丁寧に頭を下げた。

「今日はお誕生日だそうで、おめでとうございます。ご家族とのご予定がおありとのことで、ちゃんとしたおもてなしもできませんが、お菓子は東京で今人気の店から取り寄せたものです。田村のものとは少し違うと思いますから、是非召し上がってみてください」

夫人は個別包装された高級そうなチョコレート菓子を勧め、滑らかな手つきで香り高いダージリンティーを淹れると、金彩模様の華やかな紅茶茶碗に注いで差し出した。

身を乗り出そうとする青馬君を、私は両手で押さえた。

「おや、可愛いぬいぐるみですね」

支店長の息子は青馬君をちらりと見やってお愛想を言った。それから名刺を取り出し、

「改めまして、田加賀秀夫と申します」

と自己紹介した。上質の和紙を使った名刺で、名前の右上には東京に本社を置く大手銀行名と、その七志支店支店長補佐の肩書きが記されていた。

「なかなか大層な名刺だねえ」

私が両手で受け取った名刺を覗き込んで青馬君が冷やかしたが、田加賀家の誰の耳にも届かなかったようだった。

息子は父親よりキレのある、一段と営業向きのにこやかな声で挨拶した。

「昨年から七志支店配属になり、仁科さんのお噂は、父はもとより、他の銀行関係者からも、田村市役所の様々な役職の方々からも、七志県庁の方でも、伺っておりました。今年の野中湖の桜の会や棚田地区のお田植え祭でお姿を拝見して、是非ともお近づきになりたいと思ったのですが、いつも多くの方々に取り巻かれてお忙しそうで、なかなかお声をかける機会が得られず、今回、父に頼んだ次第です。突然無理をお願いしまして、申し訳ありませんでした」

息子の丁寧な挨拶に、田加賀支店長と和子夫人が満面の笑みで頷く一方、青馬君はへらへらのような手で顎先をかいていた。私もまだ、この会見の趣旨をつかみかねていた。

「どうぞ、冷めないうちにお茶を召し上がってください」

和子夫人に促され、私は紅茶茶碗に手を伸ばしかけた。しかし、続く夫人の言葉にその手が宙で止まった。

「親の口から言うのもなんですが、息子は小さい頃から友達にとても人気があったんですよ。東京大学在学中も女の子たちにそこそこもてていた様子だったので、大学を卒業して大手銀行に就職が決まったときには、すぐにでも結婚して、孫の顔を見せてくれるものと期待したものです。それなのに仕事優先で、なかなか良い話を持ち帰ってくれません。四つ下の妹の方が先に結婚し、昨年はふたり目の子供が生まれました。ですから、息子が仁科さんのお話を持ち出したときは、夫も私もそりゃあ嬉しくて。仁科さんのことは夫が前々から、大変お綺麗なうえに頭も良いのに、控え目で周囲への気配りを欠かさないお嬢さんだと、褒めちぎっておりましたからね」

和子夫人は大きく破顔し、前屈みになりながら、ふっくらした人の良さそうな顔を私に近づけた。その分、私は身を逸らさざるをえなかった。

紅茶に手をつける者は誰もいなかった。食いしん坊の青馬君でさえ、

「へ、へ、へえ〜」

と、丸い目をさらに丸くして、事態を見つめていた。

「これこれ、お前、話が飛びすぎるよ」

和子夫人のフライングを余裕のある笑顔でたしなめると、田加賀支店長は夫人の言葉を引き継いだ。

「秀君は昨年から七志支店に支店長補佐という立場で勤務するようになって、今は七志市に住んでいるんだ。なっちゃんが留守のときだったけれど、昨年の六月にはうちの信用金庫にも赴任の挨拶に寄ってくれたんだよ。その後、七志銀行さんやうちの本店の人たちと

一緒に、経済活動の視察で田村市を訪れる機会があって、いろんな人からなっちゃんの支援や手助けが素晴らしいと聞かされたようでね。どんな人かと興味をかき立てられていたところに、この春、リゾートホテル田村さんが開催した野中湖の桜の会でなっちゃんを見て、一目惚れしたらしくて。棚田地区のお田植え祭では何度も話しかけようとしたのに、なっちゃんの周りにはいつも多くの人がいるものだから、情けないことに機を逸してしまったとかで。それで今回、仕事でこっちに来るから、なんとか紹介してもらえないかと、私に泣きついてきた次第なんだよ」

父親に「秀君」と呼ばれる息子は、ちょっと照れたように首筋をかきながら頭を下げた。

「なかなか自己紹介できるタイミングが見つけられず、こういう形になりました。親の立場を利用して申し訳ありませんが、許してください」

「へえ、一目惚れねえ。なかなか目があるじゃあないか」

青馬君は腕を組んで息子を見直した。

田加賀支店長によく似た、さっぱりとした誠実そうな顔立ちの若者だった。

「これって、夏美さんが望んでいた玉の輿なのかな」

私は右手で青馬君の頭を押さえ、左手でその口を封じた。

「ちょうど誕生日と重なり、なっちゃんには都合の悪いタイミングで申し訳なかった」

息子に続き父親も詫びの言葉を口にしたが、笑顔が翳ることはなかった。

「親馬鹿と思われるかもしれないが、秀君が結婚を前提にお付き合いしたいと言い出したのは初めてのことだから、和子も私も舞い上がってしまってね。それに、なっちゃんも今日で三十だろう？　不文律とはいえ、うちでは女性行員は三十歳を目処に辞めてゆくことになっているから、この話を今日できるのも何かの縁かなあと思ったんだよ。実を言うと、前々からなっちゃんの歳のことでは本店の方からあれこれ言われていてね。そろそろなんとかしなけりゃあならないと、気にかけてもいたもんでねえ」

田加賀支店長は本音をぽろりとこぼし、慌てて付け加えた。

「もちろん、なっちゃんが七志信用金庫のために非常に良い仕事をしてくれていると、私は誰よりも評価しているし、本店の方にもそう訴え続けてきたんだけどね。でも一支店長にすぎない私じゃあ、庇うにも限度がある。だから――」

と、田加賀支店長は先ほどの和子夫人以上に大きく身を乗り出した。

「この話は一挙両得、一石二鳥の話じゃあないかと思ったんだ。秀君は東大出で、日本でも有数の金融機関で順調に出世コースを歩んでいる。銀行員の中でもエリートだ。なっちゃんが秀君と一緒になれば、大手を振って寿退社できるうえ、裕福なエリート銀行員の奥様として将来も保障される。一方、秀君の方も、なっちゃんが本来の進取の気性を内助の功に変え、陰で支えてくれるなら、今まで以上に良い仕事ができるだろう。どうかね、誰にとっても良いことずくめと思わないかね？」

和子夫人が頷きながら、再び身を乗り出して夫と並んだ。

「親の欲目でなく、息子は本当に、ものの道理がわかる良い子です。おまけに家族思いだし、妹の子供たちにも優しいし。仁科さんのことも、必ず大事にしてくれますよ」

自分の言葉を裏付けるように、和子夫人は目を輝かせ、大きな笑顔をさらに広げた。

「田加賀秀夫、お買い得夫の大安売りだなあ」

支店長夫妻の熱心な言葉に圧倒されて緩んだ手元で、青馬君が皮肉った。

「安売り品は得てして気を付けないとなあ」

再度、青馬君の口をぎゅっと封じ、しっかり睨みを利かして青馬君を黙らせた。それから紅茶茶碗を受け皿ごと両手で取り上げ、田加賀支店長の言葉に感じた引っかかりを紐解きながらゆっくりと紅茶をすすった。紅茶はすでに冷めていた。

私に続いて、支店長夫妻も紅茶を手にした。一方、それまで両親のべた賞めを照れることなく聞いていた秀夫氏が姿勢を正し、両親よりも冷静に将来を展望してみせた。

「僕は今、七志支店で勤務していますが、これから先しばらくは全国を転々としなければなりません。また、いずれは東京本社に戻り、社長や取締役に就けるよう頑張りたいと考えていますので、当分は夏美さんにもご両親と離れて暮らしてもらうことになります。ただ父は、このあと田村支店から移動があっても、七志県を出ることはないでしょう。父は田村市の隣、田里市の出身で、将来はこの近辺に落ち着きたいと言っています。従って仁科さんのご両親やうちの両親が年老い、僕が仕事の一線から退いたあとは、こちらに戻って双方の親の面倒を見ることが可能です」

秀夫氏が私の両親の老い先まで考えてくれていることは、素直にありがたいと思った。

私は紅茶茶碗をテーブルに戻し、青馬君のすぐ前の膝に両手を揃えて頭を下げた。

それを是と受け取ったのだろう。秀夫氏は目元を綻ばせて言葉を続けた。

「僕の方はこの一年近く仁科さんについてあれこれ聞き、いろいろ考えてきましたが、仁科さんには初対面での結婚話で、ひどく唐突に思われたことでしょう。それに今日は時間もないそうなので、すぐにお返事を、と言うつもりはありません。ただ、田加賀家の嫁になって欲しいという僕の願い、是非とも前向きに検討してもらえませんか」

私への配慮に加え、震いつきたくなるほど甘い、優しい眼差しが向けられた。

私は再度、深々と頭を下げた。

「有り難いお話を頂きまして、皆さんのお心遣いに心から感謝致します。よく考えさせて頂き、家族とも相談したうえで、お返事は後日、改めてさせて頂きたいと思います。今日のところは、これで失礼させて頂いてよろしいでしょうか」

両手の中で青馬君がじたばたしたが、田加賀家の三人は異口同音、大きく頷いた。

「ああ、ああ、もちろんだとも」

「もちろんですよ」

「僕が家までお送りします」

まるで話がすでに定まったかのような明るい雰囲気だった。

私は不満顔の青馬君を書類鞄の隅に押し込み、鞄と帽子を手にして立ち上がった。

和子夫人はチョコレート菓子の包みを幾つか素早くナプキンで包み、あとで召し上がれと差し出してくれた。

田加賀家の玄関を出る前に帽子を被ったが、太陽はすでに西の山の端に向かい、夏至のまぶしさは和らぎかけていた。

息子の車は父親のものより大きかった。私は助手席のドアを開けて足元に書類鞄を下ろし、鞄の青馬君と手にしていたチョコレート菓子を入れ替えて席に着いた。田加賀家の応接セットのような、ゆったりと心地良い革シートの座席だった。

田加賀支店長と夫人は玄関先に並んで立ち、手を振りながら見送ってくれた。私は田加賀支店長の寛大な配慮、夫人の温かい理解に感謝しながら、もう一度頭を下げた。

家まで送ると言われたが、翌朝自転車が必要だからと、七志信用金庫の駐車場に向かってもらった。十分足らずのドライブのあいだ、秀夫氏は浮ついたことは一切口にせず、棚田再生プロジェクトの立ち上げやリゾートホテル田村の建設に私がどのように関わってきたか、これまで耳にしてきたことを告げ、エリート銀行員らしい明晰な分析と評価、そして称賛を加えた。

青馬君は私の膝の中で腕を組み、秀夫氏の独壇場をしぶい顔で聞いていた。

信用金庫の駐車場に着くと私は礼を述べて車を降り、車が走り去るのを見送った。

＊　＊　＊

「夏美さん、あいつと結婚するつもり？」

車が駐車場を離れるや否や青馬君が問いかけた。

その問いに答えることなく、自転車置き場にぽつんと残っていた夏草色の自転車の籠に書類鞄を入れて防犯ネットを掛け、その上に青馬君を座らせて自転車を出した。

青馬君は籠の縁を両手でつかみながら、振り返って言葉を重ねた。

「田加賀家の嫁に、と言っていたぞ。内助の功なんてえ、信用金庫を辞めて家と夫に尽くせってことじゃあないか！」

夏至の太陽は足早に落ちつつあった。その姿を追いかけて、私は懸命に自転車を漕いだ。それなりのスピードが出たので、青馬君は振り落とされないようにと前を向き、自転車籠の縁をぎゅっと握り絞めた。

私は胸の中のわだかまりを解くため、笹井酒造を出たときからずっと引っかかっていた疑問を、青馬君に投げかけた。

「青馬君はどうしてお父さんと喧嘩するの？」

「親父と喧嘩、って……？」

青馬君はちらっと後ろを振り返って尋ねた。

「笹井酒造で青馬君、言ったでしょう？　自分が置かれた立場にうんざりしてお父さんと喧嘩するって。でも、神の子は酒蔵の跡継ぎとは訳が違う。どうやっても、神の子であることからは逃れられない。そんな当然なことがわからない青馬君じゃあないでしょうに、どうして無駄な喧嘩をするの？」

「無駄って……」

眉をひそめかけたところで、質問の真意に気付いたようだった。

「ああ、そうか……。言っておくけど、僕ぁ、あの酒蔵の馬鹿息子とは違うぞ。親父にただ反発してるわけじゃあない。親父は全知全能かもしれないけれど、一方的に神とはしかじかのもの、神の子の役割はかくあるべしと告げられても、それに唯々諾々と従うのはおかしいだろう？　自分で一生懸命考えて出した答えが親父のと違うなら、親父がなんと言おうと自分の考えに忠実であってしかるべきだ。もちろん、そのために親父の逆鱗に触れることもあるし、自分の愚かさや誤りに気付かされて自己嫌悪に陥ることもある。だけど、そのおかげで見えてくるものもたくさんある」

何か思い出すところがあったようで、青馬君は目を細めて楽しげに微笑んだ。

「そういうものかしら」

私は首を傾げた。

「全知全能の神様が相手じゃあ、負けと決まっているでしょうに」

「そりゃあ違うぞ」

青馬君は沈みゆく太陽に鼻先を向けたまま、振り返りもせずに断言した。

「親父が正しくて、僕が間違っていたって、負けじゃあない。僕が僕の気持ちや意志に忠実であるなら、負けなんてこたぁない。実際、僕はいつだって多くのものを勝ち得てきた」

白いたてがみをそよがせ、つんと鼻先を立てた青馬君の後ろ姿が誇らしげだった。

「全知全能の神というのは古い伝統と同じで、黙って従っていれば安心だし、失敗はしない。だけど親父は反抗的な僕を面白がり、溺愛してくれる。僕が自分に嘘をついていないことを知っているし、そういう僕だからこそやれること、経験できるものがあるからだ」

「神様は立派ね。人間が作り上げた伝統はそんなにおおらかじゃあないわ。逆らうなら、手ひどいしっぺ返しを受ける」

溜息が漏れかけたが、青馬君は元気の良い声で私を激励した。

「それでも、夏美さんには自分の気持ちに忠実であって欲しいぞ。今夜の話、夏美さんには全然、似合わないや！　どうして夏美さんが陰で支えなきゃあならないんだ？　今までどおり、直接、表で活躍すりゃあいいじゃないか！」

小さなぬいぐるみの正直すぎる提案に、胸の支えが吹っ飛んだ。急に嬉しくなって、私はペダルを勢いよく漕ぎ下ろしながら青馬君を冷やかした。

「おやおや？　七志信用金庫よりもずーっと大きな銀行の、エリート銀行員の奥様になれるってえ話に、青馬君は反対なのぉ？　私の両親は下層労働者。私は高卒。願ってもない玉の輿でしょう？　その上、田加賀支店長も、奥様も、大事に育ててこられた優秀な息子さんの嫁として、私を快く受け入れてくださろうとしているし、秀夫さんも真面目で有能なだけでなく、優しそう。まるで神様が授けて下さった夏至の奇跡みたいな申し出よぉ！」

私の浮かれた口調に反比例するように、青馬君の機嫌が見る見る悪くなった。

「誓って、親父は関係ないぞ！」

スピードが増したために自転車籠の縁をしっかり握り直しながらも、青馬君は体を捻り、眉根を寄せた怖いしかめ面で言い放った。

「夏美さんは周りの人のために、課された縛りの中で最大の可能性と最善の方策を模索する。僕ぁ、そんな夏美さんが大好きだ。ちょっと迂闊なところもあるけど、人間だもの、完全無欠とはいかないや。だからそこは目をつぶり、奮闘努力する夏美さんを全身全霊で応援するぞ、って気になっていたのに！　だけどあんな男の嫁になるんだったら、金輪際、夏美さんのことなんか知らないからな！」

「あら、まあ！　それは、困るわぁ！」

大仰に嘆きかけたが、次の瞬間、漕ぐ足を緩め、体を揺すって笑っていた。

「アハハハハ。冗談、冗談。あんな話に私が惹かれるのかって、青馬君が本気で心配するから、からかってみたくなっちゃった！　私、そこまで愚かになれないわぁ。即答を控えたのは、田加賀家の人たちに礼を欠かさないようにというだけよぉ」

青馬君の本気が心地良かった。からからと笑っていると、あまりに出来すぎた申し出に対する幾ばくかの未練も吹っ切れた。

一方青馬君は、笑い転げる私に憮然とし、やたら無茶な進言を返してきた。

「そんなつまらない気など遣わず、率直に、嫁じゃあ嫌だって言ってやりゃあ良かったんだ。その上で、今までどおり仕事を続けさせてくれるなら、考えてもいいって提案すりゃあ、ご立派な東大出のエリート銀行員なんだ、ひょっとしてひょっとしたら、新たな可能性が開けたかもしれないじゃあないか」

青馬君の途方もなさに、私は呆れかえった。

「今更ながら、神様の苦労が窺えるわ」

私が神様に同情すると、青馬君は鼻先に皺を寄せて問い返した。

「どこがおかしいんだ？　前向きな議論を進める単刀直入な方法じゃあないか」

私は首を左右に振った。

「青馬君は神の子だから、何でもやれるんでしょうけど、私は人の子だから、そこまで人でなしにはなれないの。おまけに、青馬君は田加賀家の許容力を度外視しすぎよ」

上り坂に入り、ペダルを漕ぎ下ろす速度がさらに落ちた。ひと足、ひと足、力をこめてペダルを漕ぎ下ろしながら、神の子に人の胸の内を根気よく説明してやった。

「いい？　田加賀家の人たちはそこまでお人好しじゃあないわ。田加賀支店長はかなり前から私の退職について本店から圧力をかけられていたのよ。だから息子の嫁には少々もったいないけれど、息子が乗り気だから、これで私の花道を作ってやれば、本店に顔向けできるうえ、私にも恩を着せられ、それなりの恩返しを嫁としての私に期待できる。もし断られても、息子の嫁候補に困ることはないし、私は辞職せざるをえなくなると、ちゃーんと胸算用しているはず」

「えええぇ？」

辞職と聞いて、青馬君は思わず大きく振り返り、反動で籠の縁を握っていた手が外れて、防犯ネットの上でひっくり返った。

私は自転車を止め、青馬君を座り直させてやった。

青馬君は丸い黒目を大きく見開いて大声で問い返した。

「縁談を断るのに、一体全体、どうして信用金庫を辞めなきゃあならないんだぁあ？」

「こんな話まで持ち出されたら、さすがにもう無理よ」

神の子なら知らぬ存ぜぬで通すのかな、と苦笑しながら、私は再びハンドルを取り、上り坂に負けないようしっかりと踏み込んだ。

「僕には理解できないぞ！」

青馬君は執拗に繰り返したが、人間よりも相当単純そうな神の子に説明する言葉が思いつかず、私は黙って自転車を漕ぎ続けた。

青馬君は前を向いて両手で籠の縁を握り絞めながら、首を左に傾け、右に傾けしていた。

氏神様を祭る小さな神社近くまで上がってきたとき、西の稜線に差し掛かった夏至の太陽が、野中川沿いに広がる田舎町を牧歌的な色調に染め始めた。我が家まであと数百メートルだった。

「思うに……、どう転んでも仕事を辞めなきゃあならないんなら」

と、ここで青馬君がひとつの結論に達した。

「田加賀家の嫁になるというのも、ひとつの手かもなぁ。嫁の不自由さはあるだろうが、そこから少しずつ新たな世界を広げてゆくというのも立派な生き方だ」

最初とは真逆の結論だったが、青馬君は賢しい顔で振り返って頷いた。

「世の中、何もかもが思い通りに、自由になるわけじゃあない――、と諦めたところに開ける道もある」

キキキー！　耳障りなブレーキ音を立て、青馬君を前のめりにさせながら自転車を止めた。そして厳しい顔で青馬君の頭に拳固の一撃をくれた。

「神の子のくせして、物事には譲れる一線と、絶対にそうしてはならない一線がある、ってこともわからないの！」

青馬君が両手で頭を抱え、掬い上げるような涙目で私を仰ぎ見た。

「夏美さん、酷～い！　親父より怖～い！　親父は怒鳴りまくっても、暴力は振るわないぞぉ。暴力、反対！」

青馬君が拳を上げ、大声で抗議した。

「ぬいぐるみの綿頭じゃあ、叩かれても平気でしょうに」

私は素っ気なく言い返し、横を向いた。

「平気じゃない！　断然、傷ついたぞぉ！　僕は僕なりに一生懸命、あれこれ可能性を考えているのにぃ！」

青馬君は思いっ切り、真剣に、泣きわめいた。丸い黒目から白銀の涙がぽろぽろこぼれ落ちた。どんな憤慨も押し流してしまう、悲痛な号泣だった。

私は神社わきに自転車を寄せて止め、青馬君を胸にかき上げた。そしてその背をぽんぽんと軽く叩いてあやしながら謝った。

「悪かったわ。ごめんなさい。だけど青馬君が無責任なことを言うからよ」

「無責任なことじゃあない。僕ぁ、無限の可能性のひとつを指摘しただけだ」

西の稜線に沈みかけた夏至の太陽が青馬君の涙顔を赤く輝かせた。神社も周囲の森も濃い茜色に包まれた。慣れ親しんだ景色の神々しい変容に、私は息を飲んだ。

神とは、本当に途方もないものだ――、と身に染みた。

「殴ったりして悪かったわ。青馬君に裏切られた気がしたの」

「僕ぁ、心底、夏美さんの力になりたいんだ。だけど、これが僕の限界なんだよぉお」

青馬君の目から新たな涙がこぼれ落ちた。神の子を名乗る生意気な大口とは裏腹の、いじらしいほど純な幼さだった。

「青馬君の綿頭から出てくるのは、突拍子もない考えばかりね。大丈夫よ。神様は人間とは違う。私のことは私がなんとかしないとね」

白いたてがみを撫で下ろしてやると、青馬君は小さなへらのような両手を広げて胸にしがみついてきた。優しい温もりが胸に点った。

「こうして青馬君を胸に抱いているだけで勇気が沸いてくる。これは最高の支援だわ」

私は青馬君の顔を覗き込んで微笑みかけた。

そのとき、夏至の太陽の最後の一片が西の稜線の向こうにすっと吸い込まれ、一瞬、山の嶺が黄金色に縁取られた。と、その輝きに呼応するように、紫色を濃くする空の底に音のない稲妻が走った。

青馬君はまだ涙の跡が残る顔で天を仰いだ。

「え〜、もぉおう？」

青馬君が不満げに呟いて口を尖らせると、先程よりも激しい稲妻が走った。青馬君は小さな溜息をつき、名残惜しそうに私の胸にもう一度頬をすり寄せてから自転車籠に飛び降りた。そしてそこで私に向き直って告げた。

「本当に、僕ぁ、もっとちゃんと夏美さんの役に立ってあげたかったんだ。それに……、美味しいものも、もう少し食べたかったたな……。でもあまり親父に逆らうと、また夏美さんに怖い思いをさせちゃうから、そろそろ引き上げるとするよ」

「え？　引き上げる？」

予期せぬ言葉に心臓が凍り付いた。

「青馬君、ずっと私と一緒にいてくれるんじゃあないの？」

夏至の暑さが残るなか、私は身を震わせながら問い返した。

どこからともなく突然現れた、奇妙なぬいぐるみだった。ほんの小さな、白いたてがみでかろうじてウマと見分けられる程度のものなのに、神の子、青馬を名乗り、生意気な口を利く。単純で、一本気で、甘えん坊で、泣き虫で……、そして、半日のうちに私の日常にすっかり溶け込み、私の心にしっかり根を下ろしていた。そばにいるのが当たり前で、これからもずっと一緒にいてくれるものと、勝手に決め込んでいた。

「夏美さん」

青馬君は神の子らしい、生真面目な表情に戻って呼びかけた。

「僕が今日、こうして夏美さんの前に姿形を持って現れることができたのは、親父の特別な計らいなんだよ。だけど賢い夏美さんなら、わかるだろう？　神は普遍だって。だから夏美さんが僕のことを忘れなければ、僕はいつだって夏美さんのそばにいる。これまでもそうだったし、これからもずっとそうだ」

「嫌、嫌、嫌！」

私は激しく首を振った。

「こうして話ができる、私だけの青馬君でいてくれなくちゃ。何の役にも立たないと言いながら、私のことに一生懸命になってくれる青馬君が、そばについていてくれなくちゃ！」

私は両手で青馬君をつかみ上げ、胸にぎゅっと押しつけた。

内海さんが描いた青と白の絵のような、爽やかで清々しく、それでいて和やかな温かさが、胸にどっと押し寄せた。

「お願い、どこにも行かないで。私のそばにいて。ずっと、ずっと、一緒にいて！」

「僕はいつだって夏美さんのそばにいるって！」

青馬君はへらのような両手で私の胸を押して顔を上げ、優しく微笑んだ。

「だって、夏美さんは僕のことを忘れやしないだろう？」

私は嫌、嫌、と首を振り続けた。

「人は弱いものよ。目に見えないものは、不確かで、不安になる」

「そうなったら、ここに来りゃあいい。神社は神の霊が濃くなるところだ。ここで僕のことを考えてくれたら、いつだって今のこの景色が蘇ってくる」

青馬君は大きく腕を振って、陽が落ちてもなお燃え続ける茜色の空全体を指し示した。

つい先刻は泣き虫の甘えん坊にしか見えなかった青馬君が、今やすっかり道理をわきまえた大人の顔をして、いつまでも駄々をこねる私を忍耐強く諭していた。

「大丈夫さ。夏美さんは僕のこと、決して忘れやあしない」

青馬君は私に大きく頷いてから、私の腕をぽんと叩いて弾みをつけ、見事な宙返りで地上に降り立った。そして背筋をぴんと伸ばして告げた。

「僕からの誕生日プレゼントとして、ひとつ良いことを教えてあげよう。親父が言うに、僕がつまらない口出しをしなくても、このあと夏美さんが家に戻り、家族と相談する中に、きっと夏美さんの心に叶う道があるそうだ。もっとも、それを好機として輝かしい未来を作り出せるかどうかは、夏美さん次第だけど――」

そこで青馬君は丸い黒目をきらきらと輝かせ、一段と大きな声で宣言した。

「だけど夏美さんなら大丈夫。僕が請け合うよ！」

青馬君は小さな胸をぐいと大きく張った。

「夏美さん、言ったよね。失敗だって、そこから学んでやり直せばいいんだって。成功するまで挑戦し続けりゃあ、必ずうまくゆくさ！」

からからと明るく笑いながら、青馬君が青白い光に溶けかけた。

「待って！　待って！」

私は大声で呼び止めた。泣き出したい気持ちをぐっと堪え、大急ぎで自転車籠の防犯ネットを開いて、書類鞄の中からナプキンでくるんであったチョコレート菓子を取り出し、青馬君に差し出した。

「今日の夕飯には赤飯を炊くと、母が言っていた。青馬君と一緒に食べたかった」

青馬君は嬉しそうに両手で菓子を受け取った。

「僕もだ。お菓子、ありがとう」

青馬君が青白い光に溶け、そこに一瞬輝く人影が浮かびかけた。が、それも束の間、清々しい閃光があたり一面を覆い、次の瞬間、その輝きは一条の光に収束し、急速に深まる夕闇の奥に消え去った。

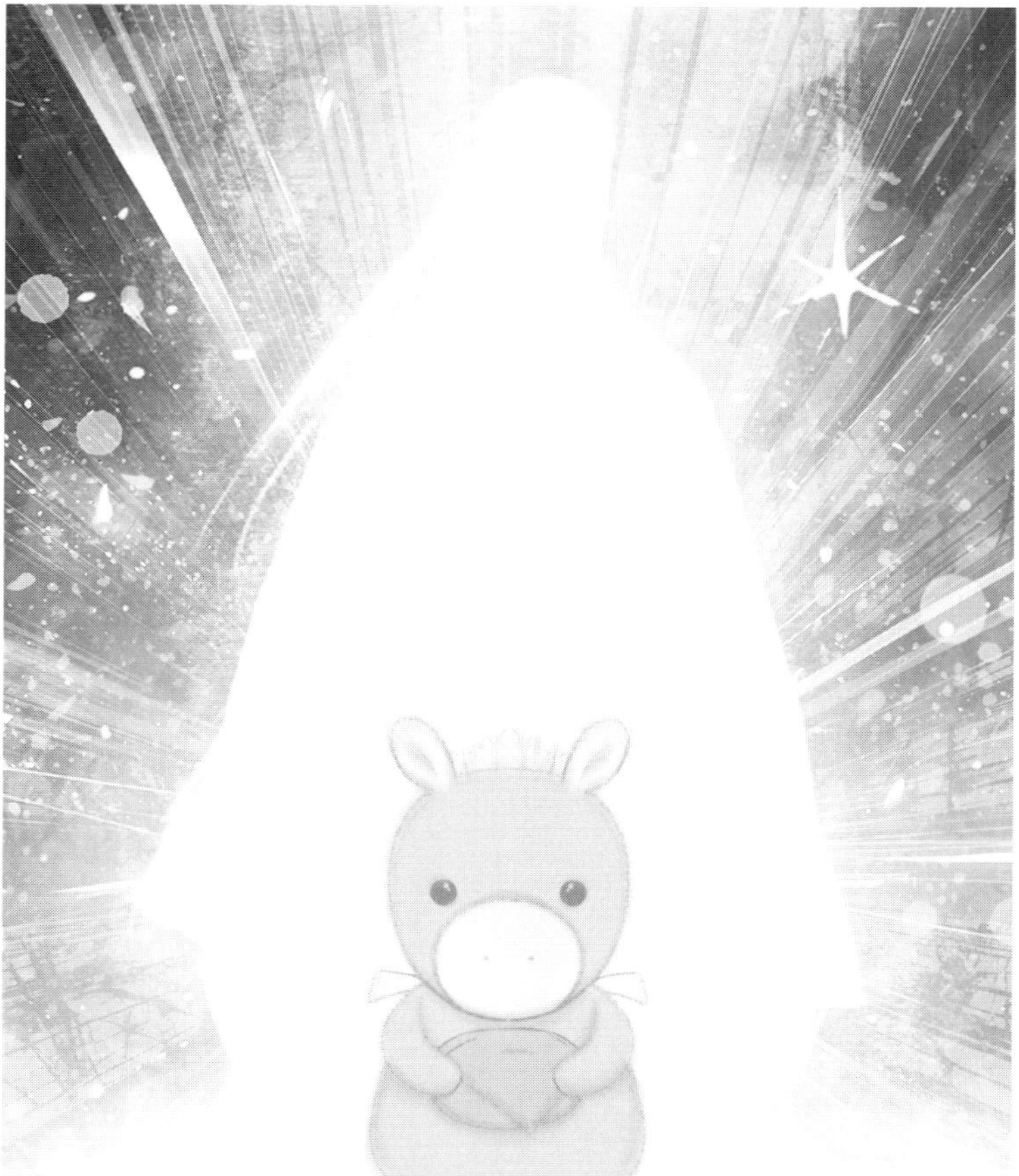

＊＊＊

道の途中で突然降って沸いたように現れた、神の子を名乗る小さな青いウマのぬいぐるみは、やって来たとき同様、道の途中であっさりかき消えてしまった。

神社の彼方、足早に紺色を濃くする空を見上げれば、一年でもっとも長い日の様々な出来事が走馬灯のように蘇り、両肩に疲れがどっと覆い被さった。

「家に戻りなよ。夏美さんらしく、前を向いて新たな道に踏み出すんだ！」

神社の木立を抜けて、青馬君の声が響き渡る。

歯を食いしばり、再び自転車にまたがって重いペダルを踏んだ。

間もなく、行く手に我が家が見えてきた。開けられた居間の窓の向こうでは、食卓を前にした父が孫の幸一郎ちゃんをあやし、その姿を母、健一郎、綾子さんが笑顔で見守る、いつもの光景が展開していた。

健一郎は国立七志大学卒業後、誰に相談することもなく田村市役所への就職を決め、実家に戻ってきた。大企業に勤めるために都会に出ても、家族は反対しなかっただろう。けれども、姉が進学を諦めて働いてくれたおかげで自分は大学に行けた、だから家の跡継ぎとして両親の面倒は自分が見ると、心に堅く決めているらしい。

市役所に勤めて四年目、健一郎は職場で知り合った同い年の暁子さんと結婚した。当時の市役所では職場結婚は許されておらず、暁子さんが職を退いた。大卒で、経理の資格を持っていたにもかかわらず、再就職先はすぐには見つからなかった。そうこうするうちに妊娠がわかり、仕事探しを諦めた。

通りにまで響いてくる賑やかさは、そんな健一郎や暁子さん、再就職先で最低賃金と変わらない給与にもひたむきに働く高齢の両親が、懸命に紡ぎ出しているものだった。

「ただいま」

玄関先から声をかけると、

「そうれ、夏美伯母ちゃんが帰ってきたぞぉ」

という父の声で一段と賑わいが膨らむなか、母が出迎えてくれた。

「健一郎たちも待ってくれとるんよ。早《はよ》う着替えといで」

母に急かされて二階の自室に駆け上がり、軽い普段着に着替えて食卓に加わった。

赤飯の他、鯛、平目、紋甲烏賊、甘海老など、大盤振る舞いの刺身に、よく冷えた冷酒が用意されていた。

神棚には赤飯しか供えられていなかった。私は刺身をひと切れずつ小皿に取り、猪口に酒を注いで、神棚の赤飯の隣に並べた。そして柏手を打って頭を下げ、今日はありがとうございました、これは気持ちばかりのお御礼ですから、食いしん坊の息子さんと一緒に遠慮なくお召し上がりください、と願った。

「お酒はともかく、神様に生ものはどうなんかね」

父から幸一郎ちゃんを受け取りながら、母が首を傾げた。

「ハハハ、日本の神様は鷹揚だ。気持ち良く差し出されたもんは、気持ち良く受け取ってくださるじゃろうて。さあ、お前の誕生日じゃ。早うこっちに来て座れ」

父は冷酒の瓶に手を伸ばしながら、私を手招きした。

両親と健一郎の猪口にはすでに酒が満たされていて、私を待ってくれていたようだった。

父は私が手にした猪口に冷酒を注いでから、

「お誕生日おめでとう」

と、猪口を触れ合わせて祝福してくれた。

続いて健一郎、そして片腕に幸一郎ちゃんを抱いた母、最後にウーロン茶のグラスを掲げる綾子さんからも、祝いの言葉をもらった。

酒は健一郎が持参した笹井酒造の純米生酒で、まろやかで優しい味だった。

薄造りの平目は甘みがあって口の中でとろけ、紋甲烏賊は十分な厚みで歯ごたえもよく、旨みがじわっとしみ出した。

青馬君が丸い黒目をきゅっと細め、にんまりしている姿が目に浮かんだ。

誕生日プレゼントにと、両親は綾子さんに頼み、若者向けの夏用ワンピースを選んでもらっていた。綾子さんはそれに、健一郎と自分からのプレゼントだと言って、薄茶色の麦わらで編んだ大ぶりのショルダーバッグを添えてくれていた。

「私らが選ぶよりも良いと思うて綾子さんの手を煩わせたのに、余計な気を遣わせてしもうた」

と悔いる母に、綾子さんは気持ち良く手を振った。

「いえいえ、楽しく選ばせてもらいました。お義姉《ねえ》さんはいつもお忙しいけど、ときには自分の楽しみでお出かけしてください」

「こんなお洒落なワンピースにバッグ、私には贅沢。でも、とても嬉しい。ありがとう！」

私はワンピースとバッグを胸にかき寄せて、頭を下げた。

「是非使ってくださいね！」

暁子さんが元気一杯に念押した。

「姉《ねえ》ちゃんも、ときには自分の時間を作らないとな」

健一郎が暁子さんに同意しながら酒を勧めた。それから、何気ない様子で付け足した。

「ところで、仕事が終わってからの支店長の用事って、何だったんだい？」

一瞬、誰もが動きを止めたが、私は殊更大仰な明るい口調で、田加賀支店長の有り難い心配りや奥様の歓待、息子さんの立派さについて、語った。

「そりゃあ、玉の輿だなあ！」

私の調子に合わせ、健一郎は口をすぼめ、目をくりくりさせて感嘆の声を上げた。

「本人は東大出のエリートで、実家は銀行の支店長というお堅い家柄、家族の誰も、皆、人柄が良いだってえ？　姉ちゃん、凄すぎて怖かあないか？」

健一郎はたまりかね、身を捩って大笑いし、私も一緒になって笑った。

母はそんな子供たちに困惑し、

「うちのような家とは釣り合いそうにないお宅じゃけど、夏美にはとてもええ話なんじゃあないんねえ？」

と、父を振り返った。父は私の話に止めていた箸を動かし、刺身を口に運んだ。

「姉ちゃんはどうなんだ。考えてみる気があるのかい？」

健一郎は口に出して尋ねたが、敢えて答える必要はなさそうだった。

「あの……、私が口を挟むようなことじゃあないと思うんですが」

私がすぐに応じなかったところに、暁子さんがためらいがちに割って入った。

「その申し出を受けたら、寿退職になるのでしょうが、その話、お断りした場合も、お義姉さん、信用金庫に居づらくなりませんか」

私は黙って頷いた。

「そうしたら、お義姉さんが今までやってきたことはどうなるのでしょう？　お義姉さん、誰も手をつけなかったようなことをたくさんやってきたのに……」

暁子さんは唇を噛みしめた。結婚のために職場を離れざるをえなかった悔しさを、暁子さんは誰よりもよく知っていた。

「田加賀支店長さんは夏美のことを心配し、その上夏美を高《たこ》う評価してくれとってじゃけえ、そんな立派な息子さんの嫁にと願《ねご》うてくださっとるんじゃろう？　それなら、ありがたい話じゃあないんねえ？」

穏やかな寝息を立て始めた幸一郎ちゃんを両腕に、母は戸惑いを隠せなかった。

「だけど、この話、姉ちゃんが望むような評価のされ方じゃあない」

健一郎が断定した。

「田加賀家に嫁入りしたら、姉ちゃんは籠の鳥になる。どんな立派な籠でも、籠は籠だ。今のように自由に自分の才能を活かした活動はできない」

「そう言うても、夏美は女なんじゃやけえ、お前とは違う——」

母が健一郎に言い返しかけたとき、

「女だからといって、家に納まらないといけない、という理由はない。活躍したい者には活躍の場が与えられるべきだ」

健一郎が私の気持ちを代弁した。

「私もそう思います」

暁子さんも夫に同意した。

「それに、お義姉さん、女性にガラスの天井があるのは金融機関だけじゃあありません」

暁子さんは私の方を振り向いて訴えかけた。

「民間の範になるべき市役所でも、職場結婚しようとすると、女性が退職するのが当たり前。しかも女性はどんなに優秀でも、決して役職には就けません。それっておかしいと、女性職員の誰もが不満を抱いていますが、改革を行う立場にある人たちが全員、男性ですから、何も変わりません」

「男ばかりなのは、市役所の上役だけじゃあない。議員からしてそうだ」

健一郎が妻の意見を支持した。そして、冗談混じりで冷やかした。

「そんな危うい結婚話を受けるくらいなら、いっそこの秋の市議会議員選挙に挑戦してみちゃあどうだい。市議になれたら、今までやってきたことも続けられる。女性の立場からものを見、ものを言える市議が生まれたら、市政も少しは変わるかもしれないや」

母は健一郎の軽口を無視し、真顔で私に向かって言った。

「支店長さんの話、もったいないようなええ話じゃあないんね？　夏美のためなら、お父さんとお母さんはどうとでもするけえ。夏美がええと思うんなら、受けたらええんよ」

母の気遣いに、私ははっきり首を振った。

「この話はお断りすると、最初から決めてる。健一郎が言うように、私の意にそぐわない」

「それでやっていけるんね？」

母が泣きそうな顔で眉根を寄せた。

「前々から肩叩きされていたから、辞表は出さざるをえない。その先のことは……、辞めてから、また考えるわ」

「結婚もせんで、仕事も辞めるんねえ……」

幸一郎ちゃんの穏やかな寝顔を見下ろしながら、母は失望を隠せなかった。

「しばらく旅行でもしながら、ゆっくり考えたらええ」

それまで黙って飲んでいた父が、不意に口を挟んだ。

「今までようやってきたんじゃけえ」

父は私に頷いてから、母に顔を向けた。

「母さん、あれを渡してやれ」

突然の指示だったが、あれで、母には通じたようだった。

母は幸一郎ちゃんを抱いたまま黙って立ち上がり、居間の隅に置かれた箪笥の引き出しから郵便局の通帳を取り出してきた。

「何、これ？」

差し出された通帳は私名義のものだった。

「夏美が家に入れてくれていたお金。あんたはほとんど家に入れてくれていたけえ。最初のうちはお父さんも仕事がなかったし、健一郎のこともあったけえ、ありがたく使わせてもろうた。じゃけど、そのうちお父さんも働けるようになったたし、健一郎が大学を出てからは、全然いらんかった。お父さんとどうしようかって話して、結局、いつまでも信用金庫におられるわけでもなし、嫁入りのときにでも手渡そうと貯めておったんよ」

その当時の郵便局では、親が子供名義で預金を積み立てることができた。

「嫁入りせんのなら、それを使って何か小さな店を始めてもええじゃろう。母さんとわしはどうにかやってゆける。今度は自分がしたいことをしたらええ。なあ、幸《こう》ちゃん？」

父は母の腕で静かに眠る小さな孫を覗き込み、同意を求めた。

突然手渡された貯金通帳に、私は呆然となった。一方、健一郎はパンと両手を叩いて、景気の良い声を上げた。

「これはいい。これはチャンスだ。姉ちゃん、この秋の市議会議員選挙に出よう！　選挙には金がかかるから、さっきは冗談半分で口にしたけど、その金があればやれる！」

「お義姉さんが立候補されるなら、私、できるだけお手伝いさせてもらいます！」

ふたりのあいだではこういう話が前々から出ていたとかで、健一郎の提案に綾子さんが即座に同調した。

「市役所の元の仲間にも頼みます。それに、棚田再生プロジェクトはお義姉さんの声がけで始まったものです。お義姉さんが議員として活動し続けられるなら、関係者は皆さん支援してくださるはずです。他にも……」

綾子さんは、私が関わってきた人たちや事業所の名前を次々と挙げ、支援体制作りを具体的に示した。突然の突拍子もない展開だったが、健一郎は真顔で頷き続けた。

「これまで市政が田村市の発展のためにやってきたことは、企業誘致や大型プロジェクトなど、外からの勧誘ばかりだ。姉ちゃんのやり方は違う。姉ちゃんは市民一人ひとりの小さな力を寄せ集め、田村市に昔からある良いものを最大限活かそうとする。弱い立場の人たちが少しでも生きやすいように手助けしながら、町を活性化させる。女として様々な不自由を囲いながらも、この町での暮らしを大事にしてきた姉ちゃんだからこそ提案できるものだ。そして、姉ちゃんの方策に共感してくれる人は少なからずいる」

私は目の前の課題に取り組んできただけで、一度として、市政だの何だのという大局に立ってものを捉えたことはなかった。まして両親は、私以上に政治と無縁――、と思っていた。ところが驚いたことに、大学出の息子夫婦の提案に、父は、

「ほおお」

と、興味をかき立てられた顔で応じた。

「そういう道もあるのかねえ」

心配性の母までも、首を傾げながら可能性を押し計ろうとした。

浮き立つ弟夫婦にぴしゃりと冷水を掛けたのは、私自身だった。

「前回の市議会議員選挙に、田村市で一番大きな病院の院長夫人が立候補されたのを覚えているわよね。東京の名門女子大出身で、長年民生委員や様々な福祉事業に従事してこられ、私なんかより財力も後ろ盾もしっかりあったはずなのに、まったく歯が立たなかった」

私は口を一文字に結び、険しい顔で首を振った。

「政治のことなんか何も知らない、学歴も特別な肩書も何もない私なんかが立候補しても、笑われるのが落ちよ」

「姉ちゃん、自分のことがわかってないよ」

健一郎はひるまなかった。

「姉ちゃんは、田村市役所はもとより県庁でさえも、結構名前が通っている。俺は革新系の市議や県議から、姉ちゃんにその気がないかと、何度も打診されている。選挙のことが知りたけりゃあ、その人たちが相談に乗ってくれる。たとえこの秋の選挙が駄目でも、学び直す時間が増えたと考えて、次の機会までに足りないところを勉強して備えたらいい」

資格が必要なら、取ればいい！　後ろ盾も、仲間も、作りゃあいい！　失敗しても、やり直せばいい！

青馬君の声が耳に響いた。

「お義姉さん、市議会議員になってください！」

綾子さんが嘆願した。

「お義姉さんはこの町に生き生きとした新しい風を呼び込んでいます。私、その風が好きです。それがなくなったら、ここは古びた、ただのつまらない田舎町に戻ってしまいます。お義姉さんには仕事を続けてもらわないといけないんですよ」

夏美さんならやれるよ。

再び青馬君の声が聞こえた。

父が私に冷酒の瓶を向けた。促されるままに猪口を差し出すと、冷酒を注ぎながら父が尋ねた。

「支店長さんの話を断るにも、信用金庫を辞めるにも、口実がいるじゃろうが？　それなら、秋の市議会議員選挙に挑戦したいんで、と言うたら、体裁がつかんかの？」

元来職人気質で口数が少ない父の言葉だった。私は眉尻を下げた。

「体裁もなにも、あまりに途方もなくて呆れかえられそう」

私は溜息をついたが、常日頃一番心配性の母が思いがけず大胆な提案をした。

「どうせ辞めるんじゃったら、今更誰がどう思おうと構わんじゃないね？　それより、さっさとそう宣言して、今までの取り引き先に退職の挨拶をして回りながら、市議になれたらもっとたくさんの手助けができると、選挙応援を頼んでみちゃあどうね」

予期しない両親の反応に青馬君の予言を思い出し、私は神棚を振り返った。

私の心に叶う道。それを好機として、輝かしい未来を作り出せるかどうかは、私次第。失敗するかもしれない。けれど失敗から学びながら挑戦し続ければ、いつか必ず……。

猪口と小皿が並ぶ神棚はひっそりしていた。けれど私の心には、晴れやかな青い肌をし、純白のたてがみを誇らしげにぴんと立てて、生意気なほど元気の良い、まん丸な黒目で笑いかける、小さなぬいぐるみのウマの姿が映っていた。

やってみるか、と思った。

＊　＊　＊

難問を抱えた私の三十歳の誕生日は、神の子を名乗る小さな青いウマのぬいぐるみの登場によって忘れがたい一日になっただけでなく、人生の大きな転換点になった。

誕生日の翌日、私は田加賀支店長に前夜の礼を丁寧に述べたあと、

「ありがたいお話を頂きましたが、家族とも相談し、次の市議会議員選挙に挑戦してみようということになりました。その準備のために六月一杯で職を辞させて頂きたいのと、結婚は今しばらく差し控えるつもりでおりますので、どうぞよろしくお願い致します」

と、頭を下げた。

急な決断だったので、マニフェストと呼べるほどはっきりした政策などあるはずもなかった。それでも残り九日、残務整理の傍ら方々へ挨拶して回りながら、前々から思い巡らせていたふたつの基本的な姿勢を示して、市議選での支持を願った。

もし市政に関われるなら、私が一番に掲げたかったのは、誰もが――、男も女も、老人も若者も、健常者も障害者も、様々な学歴や出自の誰もが、その人ならではの一番良いところを活かして生き生きと暮らせる、そんな政策、そんな町づくり、だった。

女性のためだけの代表になるつもりはなかった。健一郎や暁子さんが言うように、女性もリーダーシップを取れる立場に立てなければ、社会の仕組みは変わらない。けれども、

男だから、女だから、という枠組で物事を捉えている限り、何も変えられないと思った。女性である前に、仁科夏美でありたい。障害者についても同様だ。障害をひとつの個性として、一人ひとりの人間を見ることが当たり前の社会にしたかった。

そして、古い概念に縛られて一人ひとりの個性を損なうことがないよう、柔軟かつ大胆に、時代に即して変えるべきところは変えてゆく一方で、相手を思いやり、互いに助け合うなど、古き伝統が育んできた良きものを見誤ることなく受け継いでゆく、思慮深さや慎重さも兼ね備えていたいと願った。

市政に関わるなら是非ともやり遂げたかったもうひとつのことは、「市民が暮らしやすい新しい町づくり」、「市民にとって便利な生活」という、有権者受けする体裁の良い言葉で押し切られようとしていた、市街地及びその周辺の道路拡充と、市の中心、七志駅に隣接する大型駐車場建設を盛り込んだ、都市化計画の撤廃だった。

棚田再生プロジェクトが軌道に乗り、様々なイベントに多くの人が集まるようになると、イベントのたびに市内のあちこちで渋滞が生じ、道路の狭さや駐車場の不足が指摘されるようになった。当時の田村市は道路と駐車場整備の必要性を喧伝し、議会での白熱した議論は、そのための費用の捻出方法に終始していた。

しかしプロジェクトを育ててきた者は皆、未舗装の畦道をゆっくり散策しながら田園風景を楽しめる体験こそが、多くの人々を田村市に引き寄せていると、肌身で感じていた。新たな駐車場を作るにしても郊外に限り、市内への車の乗り入れは極力規制したかった。

お年寄りや体の不自由な人たちには、電動カートのような小さな乗り物で対応することもできるだろう。健常者には極力歩いて、あるいは自転車で、ゆるりと観光してもらえば、環境に優しいだけではない。時間をかけた滞在で消費も増える。足を休める休憩所として、放置されている空き屋に手を入れ、お茶やお菓子を提供したり、地域の農産物や土産物を置いたりすれば、空き屋対策にもなり、町の景観も守れるうえ、地域経済にも寄与する。

古いものには不便な点も醜さもある。それを補いながら、長い時を経たものだけが持ちうる豊かさや温かさを、着実に次の世代に引き継いでゆきたかった。

退職の挨拶をしながら、信用金庫の渉外として関わってきた様々な活動を通じ個人的に抱き続けてきたこれらの思いを並べていると、進むべき道が自ずと出来上がっていた。

「七志信用金庫さんを辞められても支援し続けてくださるというのは、願ってもないことです。私たちもできるだけ応援させてもらいますから、是非頑張ってください」

棚田再生プロジェクトの立ち上げ時からプロジェクトを引っ張ってきてくれた望月夫妻

をはじめ、プロジェクト関係者の多くの人たちの賛同を得て、私は七志信用金庫田村支店を退職すると同時に、新たに棚田地区保全プロジェクトを発足させ、その活動の代表に就任した。そして市が推し進めていた、道路拡充と駐車場建設を断行する都市化計画に反対する意見書を取りまとめ、八月の頭にはそれを市に提出する一方、その内容をイベント開催を通じて以前から付き合いのあったテレビや新聞の記者たちに伝え、田村市には新たな将来像があることを報じてもらった。

この反対運動に並行して、棚田地区やリゾートホテル田村主催の夏休み企画にも、障害者支援センター「結」の人たちのさらなる働き場所の獲得にも、奔走し続けた。

相沢奈美子さんと仲間の主婦たちから相談を受けたのも、この頃だった。この少し前、不良品果物すべてを加工できる専用作業所を設けたものの、慢性的な人手不足と煩雑になった経営管理で行き詰まりかけていた。渡りに船と、私は綾子さんたち、小さな子供を抱えている若い母親の力を借りることを提案した。奈美子さんの仲間には子育て経験者が多く、作業所の一画を利用して、交替で小さな子供たちの面倒を見られたからだ。こうして賑やかな共同保育、共同作業が実現し、子育ての若い母親たちの憩いの場と作業人数を確保できただけではない。綾子さんも、その経理能力を活かせるようになった。

これらは七月初めから九月末までの、三ヶ月の活動にすぎなかった。けれど信用金庫渉外として積み上げてきた長年の実績にも支えられ、確かな手応えがあった。加えて、男女雇用機会均等法が成立しても旧態依然とした田村市に、新しい変化を待ち望む人たちが少なからずいたのだろう。市議会で既に承諾事項のように扱われていた都市化計画に反対する立場から無所属での挑戦となり、最年少の、たったひとりの女性候補者だったにもかかわらず、市役所や農協、商工会など、既成議員が押さえていたはずの大票田にもかなり食い込めたようで、私は上位から三番目という好成績で当選した。

もっとも、初当選を喜んでばかりではいられなかった。市議会では無所属の若い女性議員の発言は簡単に無視された。

「最初の三年は黙って周りに従うのが礼儀ちゅうことも、知らんのか」

年寄り議員が座ったまま大声で野次を飛ばした。

大型予算を伴う都市化計画について、私の反論は理路整然としていたが、それだけに一層、反発も大きかった。そこには様々な利権が関わっていたのである。

議会が終わって立ち去ろうとすると、

「いつも明るい夜ばかりじゃあないぞぉ。特に女にとっちゃあなぁ」

と、大っぴらな脅し文句を投げつけられた。

その言葉を耳にした議員は少なからずいた。けれど皆、素知らぬ顔で、あるいはにやにや笑いながら通り過ぎ、脅しを制する者も、私を擁護する者も、ひとりもいなかった。

市民を代表する市議会議員は立派な人たちではないのか！

市議会の現状を突きつけられ、やるせない怒りに駆られた。

翌晩、冬季観光を促進する新たな方策を話し合った帰り道、数人の良からぬ男たちに囲まれた。利権が絡めばこんなことが実際に起きるのかと、恐怖より驚愕が先に立った。

スプレー！

耳元で青馬君の声が叫び、健一郎が念のためにと持たせてくれていた防犯スプレーを思い出した。無茶苦茶にスプレーを撒き散らして駆け出すと、塾帰りの高校生の一群と出会い、難を逃れることができた。

この一件は警察に通報した。ところがそれが非難の的になった。

「女の市議はすぐに警察を当てにする。やっぱり、女じゃあ頼りにならん」

一方警察は用心するようにと注意しただけで、襲った男たちの身元や、議場で脅しをかけた議員との繋がり、その他の議員との関わりなどが調査されることは、一切なかった。

結局、家族や支援者の手を煩わせ、夜のひとり行動を控えるしかなかった。だがいつも誰かがそばについているというわけにはゆかず、何度も危うい場面に遭遇した。議会での孤立も、野次も、続いた。卑劣な行為の横行に虚しさが募り、夜、自室でひとりになると、情けなくて涙があふれることも多かった。

そんなとき、両てのひらを胸の前に寄せると、ふんわり柔らかな重みが戻ってきた。両手が作り出す小さな空間に、くりくりっとした丸い黒目で、大丈夫だよ！　と、見上げる小さな青いウマがいた。

青馬君に――、そして神様に、恥じるようなことはしたくない。

元気な青馬君の姿を胸にかき寄せながら、折れそうになる心を励ました。

信じる道を進み続けるために、味方を増やす必要があった。

環境にも優しく、自然保護にも繋がる、古いものを極力活かした新しい地域開発の青写真を作り、署名活動や募金活動など、市民を巻き込む活動を展開した。これにより、棚田地区の価値や可能性、将来性についての認識が、市民全体で共有されるようになっただけではない。マスコミ報道のおかげで、市の外からも広く賛同の声が上がり、多くの個人や団体からまとまった額の支援金が寄せられた。また、地域開発の新しい形を示す試験的試みとして、国の補助金が受けられる目処も立った。

こうして三年がかりで、無理な開発の財源議論で行き詰まっていた最初の都市化計画を廃案とし、新たな環境保全型地域開発へと、舵を切り替えることに成功した。

これと並行し、観光客だけでなく若い農業従事者や田園観光事業者など、外から人を呼び込む様々な企画に骨折った。さらに、田村市の農産物や地場産業製品の売り込みにも力を入れ、相沢農園の失敗を教訓に、安全な取り引き先や万一に備えた保険契約を仲介して海外輸出を後押しする、ＮＰＯ法人を立ち上げた。

市議会議員一期目のこの成果で、二期目の市議会議員選挙ではトップ当選を果たした。

選挙結果に目を丸くしながら鏡割りをすると、酒をなみなみと注いだ最初のひと枡を神棚に供え、柏手を打って神様と青馬君に御礼を述べた。

うふうふと、青馬君の満足げな笑い声が聞こえたように思った。

二期目に入っても、ただひとりの女性市議に対する風当たりは依然強かったが、青馬君の肌色のような明るい空に、白いたてがみのような雲が流れる様を目にして、ほっとひと息つけることもあった。

少しずつだが、目に見える変化がもたらされ始めた。

棚田再生プロジェクトの立ち上げ時から先頭に立って動いてくれていた望月夫妻に続く、若い農業移住者も増えた。耕作できなくなった田畑の面倒を見てくれる若い移住者に、市は改修した空き屋を無償で提供した。新たな移住者が八組揃ったところで、リゾートホテル田村とゲストハウス田村を運営する鈴木公彦さんが提案した。

「どうかね。皆で空き屋にもうひと手間かけ、民泊をやらないか。農作業が忙しい夏場はともかく、農業がオフシーズンの冬場に、囲炉裏を囲んだ手仕事体験を組み込んだ民泊をやりゃあ、良い副収入になるだろうし、そうしたイベントにうちのリゾートホテルやゲストハウスの客も受け入れてもらえれば、冬場の観光に一層の拍車がかかるだろう」

観光地として市全体が栄えれば自分のホテル経営にも寄与すると、鈴木さんは民泊事業への手助けを惜しまなかった。

市議会議員三期目になると、田村市ののどかな田園風景と、外からの移住者に協力的な体制に惹かれ、就農以外の目的で移住を希望する若い人たちも現れ始めた。その中には、借り受けられる空き屋を自ら趣のある古民家に作り変え、そこで機織りや紙梳きなどの伝統的な技に「結」のデザインを組み合わせた、田村市ブランドの工芸品を製作販売する者もいた。田村市の田園風景を楽しみながらプチ贅沢な食事を楽しませるイタリア料理店やタイ料理店も、石窯で焼いたパンを商う工房やお洒落なカフェもできた。

過疎が進んでいた田村市に移住する若者が増え、公設の保育施設が設けられた。農協婦人部からＪＡ婦人部に名称が変わっても、共同保育、共同作業を続けていた奈美子さんたちも、果物加工に専念できる環境が整った。

長らく途絶えていた夏祭りが再開し、棚田再生プロジェクトの一環としてすでに復活していたお田植え祭や収穫祭と合わせて、田村市を宣伝する大きな機会になった。

市議会議員として六期目を迎えた今、青馬君を自転車籠に乗せて懸命に漕ぎ走った田舎道は、昔ながらの田園風景が楽しめる人気の散策ルートになり、観光資源が何もない平凡な田舎町と言われていた田村市は、美しい豊かな自然を満喫できる人気の観光地に生まれ変わった。

子育ての傍ら果物加工専用作業所の運営と経理を担当していた暁子さんは、下の子供が家を離れたのをきっかけに、市の入り口に広がる無料の大規模駐車場に併設された「田村みんなのふるさと市場」の経理責任者として、フルタイムで働くようになった。

この二二年で、様々な職場において責任ある地位に就く女性が出てきた。七志信用金庫や七志銀行でも、三十歳を超えた女性行員を普通に見かけるようになった。

「だけど、相変わらずのところも多い。市役所だって、確かに今じゃあ女性の係長がいるし、市長はそれを自慢するよ。だけどそれが保健衛生課で、しかも係長どまり。おまけにたったひとりってことを、誰も問題にしようとしない」

健一郎は顔をしかめる。

「障害者のことだって……。雇用が増えた、増えたと言うけれど、政府に報告する数字合わせのための、身障者の臨時採用が中心だ。身障者ですらそんな有様だから、精神障害者となると、ハードルは非常に高い」

健一郎は溜息をつく。

健一郎は五十歳になり、すでに幾つもの部局を歴任し、今では総務課課長を務めていた。その健一郎にさえ、市役所内の人事には思うに任せないものが多そうだった。

「姉ちゃん、次の市長選に打って出ないか？」

問題を抱えているのは、市役所だけではない。市民病院でも大同小異。学校も例外ではなく、公立の小・中学校や高校に女性の教頭や校長はひとりもいない。県の教育委員会に働きかけようにも、県教委自体が男の砦だった。

「田村市には外部からたくさんの若者が入ってきている。そうした新参市民と古参市民、老若男女、健常者と障害者が皆、自由に交流できる町は、今までにない景色を見せてくれるはずだ。けれどそれにはまず、市役所の内部にもっと自由な風が必要なんだ」

健一郎の主張はもっともだった。だが、市議会議員六期の実績をもってしても、すぐには頷けなかった。

私が市議会議員になって以降、見合い話は持ち込まれなくなった。個人的な親交を目的に私を誘い出す男性もいなくなった。今では七志県議会にも女性議員が誕生していたし、田村市議会の女性議員もふたりになったが、それでもなお、女性に対する差別発言はなくならない。政界は男の砦。中央政府でさえ、男性が圧倒的多数を占める。田村市のような僻地で女性が長になろうとすれば、想像がつかないほど大きな抵抗や反発に遭うだろう。

その夜の手土産に、健一郎は宮下洋菓子店の、地元の新種ぶどうを使った新作の酒粕ケーキを持ってきてくれた。いかにも青馬君が喜びそうなものだった。私はケーキをひとつ神棚に供えてやった。すると青馬君の明るい声が返ってきた。

「夏美さんならやれるさ。市議会が男の砦でも、市民の半数は女性だ」

ケーキを頬張り、両頬を膨らませてご機嫌の、青馬君の顔が窺えた。

神は本来、姿形のないものだとしても、私にとっての青馬君は、いつまで経っても、やはり小さな青いウマのぬいぐるみだった。そして、あの三十歳の誕生日に、そういうはっきりした記憶を作ってもらえたことを、心から感謝していた。

「青馬君は楽天的だから」

私は宙を見上げ、人前では決して見せないようにしている弱音を吐いた。

「それにね、市長になることも容易じゃあないけれど、なれたとしても、初の女性市長では針の筵、茨の道よ。脅しや嫌がらせ、邪魔立ては、今だって昔とちっとも変わっていない。市民を代表している人たちが、そういうことを恥ずかしいとも思わない。私が市長にでもなったら、どうなるか。考えただけでも、うんざりよ」

「そんなものに負ける夏美さんじゃあないだろう！　あれこれ理由を並べて、やらなきゃあならないことをしないでいたら、死ぬときになって後悔するぞ。人は必ず死ぬ。そして、人がどう死ぬかは、人がどう生きるかだ」

小さなへ、らのような手を腰に当て、青馬君は真っ直ぐな目で断言した。

「下らない奴らがどれだけいようと、力強い支援者もたくさんいるじゃあないか。健一郎さんだって助けてくれる。第一に、僕がいつも一緒だ！」

青馬君は小さな胸を大きく張った。

「青馬君、ちゃんと私を見守ってくれている？」

私が聞き返すと、朗らかな声が即答した。

「ああ、いつだって、ちゃんと見守っているぞ！」

青馬君の肌色のような爽やかな青空が心の中に広がった。

自分の家族は持てなかったが、弟の家族や支援者、その家族と、多くの身内がいる。彼らの将来のために、田村市の未来のために、田村市の景観を守る一方で、市を内側から変えてゆくことができるなら——、そのための苦労なら、苦労のしがいがある。

今の田村市にはまだ、そうした変化を受け入れる準備が整っていないかもしれない。けれど新しい流れを作り出すためにも、誰かが声を上げ、一歩を踏み出さなければならない。

やってみるか、と思った。

達成できるかどうかはわからない。だが諦めずに挑戦し続けていれば、いつか私の命が尽き、私が形のない存在になったとき、私は胸を張って青馬君に会うことができる。

そのとき青馬君は、にこにこ笑顔で、その青く明るい澄んだ懐に私を受け入れてくれることだろう。


（終）

※　本書に登場する個人・団体名はすべて架空のものです。

著者プロフィール

新田　玲子（にった・れいこ）

1954年6月19日、広島県尾道市生まれ。

広島経済大学で教養英語を担当したあと、信州大学人文学部・大学院人文学研究科、広島大学文学部・大学院文学研究科で、アメリカ文学の専門研究と教育に従事。

2018年4月以降、長野県安曇野市穂高在住。

博士（文学）

広島大学名誉教授、日本英文学会中四国支部名誉会員

著書　『クリスマスの奇跡』（ブイツーソリューション）

　　　『サリンジャーなんかこわくない』（大阪教育図書）

翻訳　『すべての夢を終える夢』

　　　　　　　　　　ウォルター・アビッシュ作（青土社）

夏至の奇跡

二〇二五年四月十日　初版第一刷発行

著　者　新田玲子

発行者　谷村勇輔

発行所　ブイツーソリューション

〒四六六・〇八四八

名古屋市昭和区長戸町四・四〇

電　話　〇五二・七九九・七三九一

ＦＡＸ　〇五二・七九九・七九八四

発売元　星雲社（共同出版社・流通責任出版社）

〒一一二・〇〇〇五

東京都文京区水道一・三・三〇

電　話　〇三・三八六八・三二七五

ＦＡＸ　〇三・三八六八・六五八八

印刷所　藤原印刷

ISBN978-4-434-35393-2